異世界に落とされた…

Dropped into another world

浄化は基本!

ほのぼのる500

ILLUST イシバシヨウスケ

TOブックス

目次 contents

イラスト　イシバシヨウスケ
デザイン　萩原栄一（big body）

翔とゆかいな森の仲間たち

天《てん》王《のう》 翔《あきら》

勇者召喚によって誤って異世界へと飛ばされた三十路《みそじ》の掃除屋。
動物思いの優しさから「浄化」の能力で魔物たちを救い、知らないうちに森の救世主に。尚、彼らが伝説級の魔物であることは気づいていない。深いことは考えない超ポジティブ人間である。

a n o t h e r　w o r l d

コア(♀)

翔にオオカミと勘違いされている「フェンリル」の長。
年長者らしい古風な言葉遣いで姉御肌。少々頭が固めで心配性。

チャイ(♂)

翔に犬と勘違いされている「ダイアウルフ」。
狩りが得意で活発。コアが好きだが、押しが弱い。尻にしかれ気味の若者。

カレン(♀)

翔に鳥と勘違いされている「フェニックス」。
小鳥から急成長を遂げた。翔からもらった魔石を大切に持っている。

アイ(♂)

翔に唯一犬と正しく認識されている「ガルム」のリーダー。

上下関係を重んじ、謙虚で気配りができる。だが、ご飯の争奪戦では狩猟本能が目覚める。

ゴーレム(?)

翔にお手伝いロボットと勘違いされている「ゴーレム」。

一目見ただけで何でもこなす万能ぶりで、仕事ごとに違った形の同族がいる。

親玉さん(♀)

翔に蜘蛛だと勘違いされている「チュエアレニエ」。

死の番人と呼ばれる強者で、シュリのライバル。たくさんの子蜘蛛を持つ肝っ玉母さん。

D r o p p e d i n t o

シュリ(♀)

翔にアリだと勘違いされている「アンフェールフールミ」。

地獄の番人と呼ばれる強者で親玉さんのライバル。たくさんの子アリを持つ放任主義の母さん。

ふわふわ(?)

不思議な「毛玉」の生き物。実は「水龍」。

遊び盛りで翔とよく水遊びをしている。一番のお友達は「飛びトカゲ」。

アメーバ(?)

翔にアメーバと勘違いされている「精霊」。

氷、土、火、風など様々な属性がいる。いたる所に生息している。

82. 呪いとは？……暑すぎた結果　前編。

連日暑すぎて茹《ゆ》だっている。今日も川に流されながら涼しさを満喫《まんきつ》。川の水はいつも冷たい。アメーバも冷たい。

あの寝苦しさをなんとかしたい、寝れない。……あれ？　魔法で部屋を涼《すず》しくすれば寝やすいのではないだろうか？……クソっ、なぜ気づかなかった！　まだ、魔法になじみがないせいか？　魔法ってまだ何か違和感があるんだよな。……気長に慣れよう、焦《あせ》ってもいいことはないし。今日は魔法で涼しくしてから寝よう、そうしよう絶対に。

それにしても、さすがに連日遊んでいたら心が痛む。なので川から……出ないで、呪いについて考えるか。

この世界に人がいるのかどうかは、いまだに不明である。

日本のテレビで見たが、呪いと言えば人が呪うものだと認識している。つまり、どこかに人がいるのかもしれない。

ただ、森にはいない可能性が高いんだよな。この世界が森だけだった場合は……まぁ、その時はその時だ。でも、だったら何が呪いの原因なんだ？　あ〜、この想像は暗くなる。大丈夫この世界にだって人はいるはず、きっといる。お願いだからいてほしい。でも、呪いとはどういうものなん

だ？　日本では、特定の誰かを呪うっていうのがメジャーかな。もしくは場所に居ついてしまう……あれは呪いではなく幽霊か。森も場所だな。……幽霊の仕業とかないよな？　ハハハ、これは無視、無視。考えない、考えない。

「ハハハ、なんかちょっと楽しい！」

森の呪いで一番恐ろしいのがあの影だな。何だか体に纏《まと》わりついてイラつくし、仲間が怖がる。見たら速攻で浄化で間違いなし。あれが全部悪い！　他には——憑依《ひょうい》だ！　シュリが体を乗っ取られていた、子アリ達も。あれも悪い呪い。ん？　呪いに良いも悪いもあるのか？

「まぁいいか、気にしない、ハハハ」

確か憑依されても最初は気が付かないんだよな。徐々に中から声がしてどんどん侵略……？　あれ、それは悪魔だっけ？　映画で……まぁ似たような物だろう。つまり憑依もダメ、見たらすぐに——悪霊退散《あくりょうたいさん》ではなく——呪縛解除《じゅばくかいじょ》。呪いだろうが、悪魔だろうが存在がダメだ。浄化は呪いにも悪魔にも有効なのかな？　どっちだろう。真剣に考えたことがないからどっちか分からん。あれ？　これ必要か？……呪いと悪魔を退治するから必要か。頭がちょっとボーッとする？　まぁいいか。とりあえず悪魔退散！　ん〜悪魔の場合は——生け贄《いにえ》のイメージが。人が生け贄を使って悪魔を——召喚《しょうかん》して、力を得て世界に——君臨《くんりん》する。映画とかではそうだよな。それを防ぐのに聖職者がいるんだよ。悪魔退治だっけ？　悪霊退散も悪魔と関連していたっけ？　ダメだ、うろ覚えすぎて思い出せない。あれ？　この世界って呪い？　それとも悪魔？……どっちでもいいか、どちらも俺達の敵だ。どっちも倒さないと！　生け贄、駄目！　憑依、駄目！　呪い、駄目！　全部駄目だから退治しよう、そうだ、そうだ。呪いも悪魔も元は一緒？　あれ？　違うか？　考えがまとまらない……とりあえず一緒でいいだろう。呪いだろうが悪魔の召喚術だろうが防いでやろう。ハハハ、何だろう頭がくるくるする〜。楽しい！

83. 呪いとは？……暑すぎた結果　後編。

悪魔の召喚を防ぐ方法ってなんだ。召喚するのに必要なのは……魔法陣か。防ぐなら魔法陣を作らせないのが一番だな。ただ、魔法陣なんて知らないな。ん〜呪いは人か物、呪いを発生させる元がある。それをどうにかすれば退治できるかな？　問題は悪魔の召喚のほうか。とりあえず、悪魔の召喚の場合は生け贄をささげることから始まるイメージなんだよな。生け贄とか怖すぎる。というか生け贄とかなにそれものすごくやばい。駄目すぎる。これを何とかしないと。魔法陣、どんなものか分からないから黒い石としてイメージしてみよう。黒い石に生け贄をささげようとしたら……実行犯には死んでもらうと後味が悪いので、眠ってもらおう。うん、それがいい。どんな術か、生け贄にする方法が分からないけど、とりあえず実行犯は寝ろ。ついでに方法も忘れてもらおう……。うん、記憶を消すのはいい考えだ。また生け贄の儀式をされても困るからな。よし、これに決定！

それにしても暑い、川の中にいるのに暑すぎる。

え～っと、呪いの場合も考えないと。めんどくさいので同じ黒い石をイメージしよう。攻撃したいけど、反撃されても怖いな。呪い、怖い。だから今まで通り元凶の黒い石に呪いそのものを返そう。仲間を苦しめた分をプラスするのはご愛嬌《あいきょう》ってことで許してくれ。ハハハ。呪いを増やさない方法は……黒い石から呪いが出てきたらすぐに押しとどめよう。ついでに閉じ込めて出てこられないように。……出てこないよりも作らせないほうがいいかな？　あ～黒い石が呪いを作れないようにイメージしよう。その方が確実だ。あれ？　中に閉じ込めたり封じたりしたら、日本の神社にある石のイメージになってしまった。しめ縄《なわ》をされた黒い石……まぁそれもありか。ハハハ、元が何か知らないけど、いきなりしめ縄で飾られたらびっくりだな。それなら悪魔召喚の術式は六六六か？　ダメだイメージがごちゃごちゃになった。

「おかしいな六六六はいらないか？　ん～あれ？　よしやり直し！」

悪魔の召喚は生け贄を傷つけようとしたら寝ろ、そして忘れろ！　呪いの場合は呪いを作れないように。あれ、簡単だ。さっきはうまくいかなかったのに……まぁ、いいか。さてイメージが固まったら

「……何するんだっけ？　呪いの退治だ」

えっと、そうだ実行するんだった。黒い石に実行するんだよな。なら黒い石に、

「発動」

ふわっと俺の回りを光が包みこむ。呆然としていると次の瞬間、光は消えた。……ビビった～。急に意識がはっきりした。あれ？　俺……やばいちょっと脱水状態だ。何かいろいろ考え込んでい

る間に時間が進んでいたようだ。……ん？　何か重要なことを考えていたような、なんだ？

「うげっ、気持ち悪い。頭がくらくらする～」

水分補給、水分補給。あ～寝不足の上この暑さ。ちょっとやばかった。……そういえば、何か魔法を発動したような。思い出せ！　あ？　悪魔がなんだっけ？　というか悪魔なんかどこから発想してきたんだ？

……今日は早く寝よう。魔法でしっかり部屋を涼しくしてから寝よう。睡眠は大切だ。


今日は農業隊と一緒に収穫作業中。久々の農作業にワクワクする。なぜか、収穫作業だけは参加させてくれるんだよな。普段は絶対に参加させてくれないのに、不思議だ。作業中は魔法で俺の周りの温度を少し下げて過ごしやすくしている。なので快適。だから頑張った。今までだらけていたからものすごく頑張った。というか最初から魔法で暑さに対処していればよかったんだよな。気が付くのが遅すぎる。

睡眠を充分にとった翌日、前日に発動させてしまったような気がする魔法を頑張って思い出そうとしたが、無理だった。脱水症状で頭がぼーっとしていたせいで記憶が曖昧《あいまい》なのだ。何かごちゃごちゃと考えていたような気はするが、断片的にしか思い出せなかった。しかも思い出した内容が、悪魔が出てきたりで意味不明。最後に思い出したのは、呪い退治だ。理解不能だ。

何かが起こっていたら……知らないふりで許してもらおう。うん、ワザとではないし、そうしよう。

それにしてもおかしいな、収穫ってこんなに大変だったかな？　どうして、収穫しても収穫しても終わりが見えないのだろう。畑、大きすぎない？

84. ダイアウルフ二　チャイ。

―犬に間違われているチャイ視点―

主が収穫をゴーレム達と行っている。正直、不思議な光景だ。ゴーレムは主の仕事を代わりにさせるために居るのだ。それを主も一緒にやるなど、変わっている。

少し前まで主は少し体調が悪そうで皆が心配していた。やはり魔力を使いすぎているのではないかと。倒れてしまうのではと、絶えず誰かがそばで様子を見るようにした。今の姿は以前の問題のない状態に近い。魔力も落ち着いているのだろう。よかった。

しかし数日前のあれには驚いた。いきなり主自身からかなり膨大《ぼうだい》な魔力が放出されたのだ。あれほどの量をこの目で見られるとは思わなかった。しかも、量だけでなく魔力の質にも驚かされた。濁《にご》りのない純度の高い魔力。主には驚かされてばかりいる。だが、あれは驚いただけでなく、恐ろしくもなった。魔力を一気に失うと、命の危険にもつながる。まさかと一瞬頭が真っ白になった。

皆が川に集まる中、平然と川から出て水を飲んでいる主。少し考え込んでいたようだが、集まった俺達を見て驚いていた。住処にいる全員が集まっていたからだろう。それから数日、狩りに行くもの以外が住処から出ていかない。やはり心配なのだ。だが、少しずつ前の日常に戻りつつある。主も体調が悪かった時期よりも前の様子に戻っている。結界内を流れる魔力はいつも通り穏やかで優しいので問題ないと考えていいだろう。もう一度主を見る、もう大丈夫なのだろう。おそらく結界を広げるなど、大量に魔力を必要とすることがあったためにバランスが崩れたのだろう。魔力の大量放出の原因は分からないが、あれでバランスが整ったのなら必要だったのかもしれない。まぁ主が今、ここで元気なら問題ない。

今日はコアさんと狩りに行く。いつも通り数匹の獲物をさくっと狩って帰路に就く。

「主からイメージが送られてこない」

主と最初に出会ったのはコアさんだ。コアさんの次があの洞窟《どうくつ》に居たコアさんの仲間と俺。最初の頃、主からイメージが数度送られてきた。主の言葉を俺達は理解できず、また主も俺達の言葉を理解できなかった。だからだろう、主から重要なことについてのイメージを伝えられたことがあった。それが日に日になくなり、今では手振りでの会話に変わった。不満ではないが。

「主の優しさだろう、無理やり頭にイメージを送るのは送られた側に負担が掛かる」

そうだ。確かに不意にイメージが送られると、負担というかダメージがある。それでもよかったのだが。

「チャイ、つながりが切れたわけではないぞ」

……コアさんに読まれている。一方通行のイメージでも強いつながりを感じていたのだ。それがなくなって寂しいというか悲しいというか。

「分かってはいるが」

「まぁ、確かに少し寂しいがな」

コアさんは喉の奥で笑って、獲物を空中に浮かせたまま走り出す。それを追いながらも、思いが頭を離れない。主にもっと必要とされたい。コアさんにも必要とされたいな。

85. 収穫は大変……地下一階を掘る！

収穫の大変さが身に沁みる。腰が痛い～。腕が痛い～。疲れた～。この世界に来てから疲れ知らずのはずが疲れた。収穫時の最中は腰がやばい、腰が曲がる！ 頑張った俺を褒《ほ》めろ！ カレンになぜかすりすりされた。もしかして癒《いや》してくれた？ ありがとう。近づいてきたミラをギュッと抱きしめると、ふわふわの毛が気持ちいい。あれ？ なんでミラの仲間達が集合しているんだ？ まぁ、いいか。とりあえずみんなをギュッ。皆ふわふわで癒される～。離れたくないよ～。

農業隊が収穫して持ってきた野菜は、食べられるかどうかをチェックして新しく増えたものもあって、かなりの量。ちょっと保存部屋が足りない。いや、ちょっとどころではなく全く足りない。え、どれだけ収穫したの？ ちょっと予想より多すぎるんだけど？ 裏？ 裏に何かあるのか？

農業隊に連れられて行った場所は果実の森……そういえば広がっていたか。そうか、ここでも収穫していたのか。確かに足りなくなってもおかしくないな。しかし、農業隊はどうしてこんなに溜めこんでいるんだ？　必要なのかな？　裏に広がる畑を見て首を傾げていると、数体の農業隊員が俺の前で全身を動かしている。何かを伝えようとしているのは、分かるのだが……？　ごめん、農業隊の伝えたいことが分からない。本当にごめん。まぁ何かあるのだろうが、農業隊に任せておけば大丈夫だろう。どこまでも付き合うよ。頑張る！　またまた農業隊に連れられ畑の奥へ。うん、本当に広いね畑。歩いても歩いても畑だね。ん？　今度は果樹園？　お～ブドウだ！　ブドウの収穫を知らせてくれたのか、ありがとう。そして、ブドウと言えばワイン！　そうだ、ワインを仕込もう。ワインは簡単だからな。樽《たる》以外は。

樽を作るのは諦めた。無理、小さいのを試しに魔法で作ってみたが水が漏《も》れる、漏れる。諦めたので、大木探し、いっぱいあるので探すまでもない。それを高さ一メートルぐらいで切って、中のくり抜きも、もちろん魔法で。樽のような形に加工して、栓を作って完成。それを……四三個。大きな木を使ってしまった。

ブドウは皮に天然の酵母《こうぼ》菌が付いている。それを使ってワインを作る。なのでつぶして樽に入れて栓をして寝かせるだけ。とりあえず……あれ？　三八個できたけど、ブドウの種類が三種類？　味を確かめたのって一種類だけだったけど、大丈夫なのかな？　まぁ農業隊を信じよう。寝かせる場所がない。……地下一階を広げよう、保存部屋も足りなくなってきているし。

さぁとやる気を出したが……魔法で岩を適度な大きさに切って瞬間移動させるだけ。俺自身が体を動かすことはほぼない、頭と魔力だけ。だが、頑張る。切って移動、切って移動……繰り返しは飽きる。頑張る。地下一階が元の三倍の広さになった。調子に乗りすぎた。

岩の部分が広がっていたので気にせず広げたらすごいことになった。崩れないかと不安になったので途中で岩を強化して柱を作って補強した。……心配なので家全体の強度を強くした。これで崩れないだろう。

一つ目達も農業隊も喜んでいるようなのでよかった。保存部屋を作って、ワイン貯蔵部屋も作った。まだ空間に余裕がある、当たり前だ。なかったらビビる。

外に出たら大量の岩の塊《かたまり》が広場に。……どうしよう。とりあえず家から外に続く道に石畳のように岩を加工して敷いた。減らない。家の近くにシュリの穴、飛びトカゲの穴に続き新しく穴を作ろうとしたが却下。地下に余裕がないからかな。地下一階を広げすぎたからね。

どうしようかな。

86. ある国の魔導師　二＆エンペラス国の王。

―エンペラス国　上位魔導師視点―

目の前には表情を強張らせた奴隷《どれい》達が並ぶ。魔石のヒビの修復に必要な命。魔石を元の状態に戻す必要があるのだから必要な儀式だ。だが、胸に広がる何か得体のしれないモノ。その答えをつかむことができないままこの日を迎えた。

奴隷の数は第一弾として一〇〇人、ヒビの状態如何でその数は増えるだろう。全てがこの国で奴隷達に強制的に産ませたモノ。奴隷になるために産まれてきたモノ達だ。使い捨ての戦士として、または研究材料として、最下層の仕事をするモノとして、絶えずこの国では奴隷に強制的に産ませている。この国ではそれが常識なのだ。国民達も知っているが自分達より下の奴隷に気を使う人間などいない。逆に生活がよくなるなら必要だと考える者の方が多い。

異議を唱えた者はすべて見せしめとして、公開処刑されてきた。今では声を上げる者は誰一人いない。この国はそういう国だ。

集められたのは一五歳未満。腕にナイフで傷をつけられ物のように魔法陣に放り込まれる。奴隷の呪縛があるので拒絶などできない。ただ表情だけが悲愴《ひそう》感を漂わせている。

魔導師長が隣に来る気配を感じる。原因の究明は時間だけが無駄に過ぎ、成果は何も出ず。いずれ王から怒りを買うだろう。

魔法陣が黒く光りだす。ため息をつき部屋から出るため後ろを向く。これから魔法陣からツタが出て一人ずつ奴隷達を刺殺していくのだ。そして奴隷達を魔法陣の中に引きこむ。今までと同じ光景が想像できる。幾度となく見てきた光景。

足を踏み出そうとした瞬間、白い光が部屋を襲う。その眩しさであちらこちらから聞こえる叫び声。何が起きたのか。光が消えるのを待って、目が落ち着いてから周囲を見渡す。

「何が起きた？……なんだ、これは？」

魔導師長から聞こえる戸惑いの声。確かに、何が起きたのか。魔石の周りの魔導師達は倒れている。奴隷達は何が起きたのか不思議そうに周りを見渡している。数を確かめたが一人として奴隷達は命を落としてはいないようだ。

魔導師長に声をかけようとするが何かを凝視《ぎょうし》している。視線を追って動きを止めてしまう。魔石に得体のしれないモノが結ばれている。今まで見たこともない形。それが何かは分からないが、ただ事ではないことは理解できる。

うめき声のようなものが耳に届く。聞こえた方に視線を向けると倒れていた魔導師達からのようだ。慌てて駆け寄り声をかける。何かとても怯えた視線を向けられる。少し戸惑っていると部屋の中の異変に気が付いた騎士達が部屋に駆け込んで来た。その姿に少しホッとする。

騎士が指示を出し、魔導師達を移動させてくれた。その時、魔導師達の様子が少しおかしかった。あとで調べなければと頭に記憶する。奴隷達は元の場所へ移してもらうよう手配し、とりあえず場を収める。だが、魔石だけはどうすることもできない。王に説明をする必要がある。だが、何が起きたのか、おそらく誰も的確な説明はできないだろう。ただ、魔石に何かが起こったことだけがその状態から分かるだけ。

魔導師長の報告に真っ青になった王の顔。そこに知らされた魔導師達の記憶の欠如。目を見開いた魔導師長の顔と異様な静寂が訪れた謁見《えっけん》の間。この国は間違えたのだ。

―エンペラス国　王様視点―


魔導師長が何を言っているのか理解できない。魔石の修復が失敗？　なぜ？

「誠に申し訳ありません。只今、原因を調査中でございます。しばしお待ちください」

簡単な作業だったはずだ。奴隷の血と命を捧げ、魔石を修復する。ただそれだけの簡単なこと。なのになぜ失敗したと報告されるのだ？

「はっ、ははは。馬鹿な、ありえん」

何度も行ってきた簡単な作業だ。そう、簡単な。

「すぐにやり直せ！　奴隷などいくら使ってもかまわん！　足りなくなれば産ませればいいだけのこと」

「しばしお待ちください。原因を突き止めない限り、また同じことが起こります」

「言い訳はいらん！　ヒビの修復をやれ！　これは命令だ！」

「はっ、すぐに取り掛かります」

どいつもこいつも、邪魔をしやがって。我の邪魔をして、無事でいられると思うなよ。必ず見つけて地獄を見せてやる。必ずだ。

87. 有能すぎるバッグ……飛んだ、怖い！

どう考えても使い道がない岩が、大量に目の前にある。困った。さて、これをどうしようか。あっ、あれはどうだろう？　某有名ロボットのポケット。入れても入れても底がないイメージだ。あれだったらこの大量の岩を入れられるんじゃないか？

「やるだけやるか」

岩の問題が簡単に解決。必要な時に簡単に取りだせるのもいい。皆も驚いていたが一番驚いたのはおそらく俺。まさか本当にできてしまうとは……バッグが有能すぎて怖い。

農業隊が新たに何かを植えている。今回は全面を使わず、小規模で作るらしい。頑張ってほしい。

暑さが過ぎ秋風が心地よい季節になってきた。そろそろあの場所に行ってみようと思う。

結界を広げた時に見つけた場所。上から見た時、見慣れたものが目に映った。それが何か確かめたい。

もしかしたら主食が手に入るかも。場所は……忘れた。しまった、上から見た時は家の場所からではなかったために分からない。とりあえず上からもう一度チェック。あれ？　思ったより遠いかもしれない。でも気になるものがある。だったら行くしかないだろう。お供はヒオ、シオン、チャヤ、ササの四匹に子蜘蛛《くも》さんと子アリさんも？　よろしく。バッグに水と食料をある程度入れていく。もしものことがある。走ると結構な距離だよな。飛べたらいいけど無理だから頑張る。

ハハハ、本当に一日で着かなかった。もしもを思って食料を持ってきてよかった。連絡は……子蜘蛛が行ってくれるらしい。大丈夫なのかな？　心配だけど、ありがとう。

美味しくいただいたことのある魔物がちらほら。森の中にはまだ食料が……違う魔物がいるようだ。魔物がいるなら、どこか安全に寝れる場所を探さないとな。小さな洞窟を発見。気配を消す結界を張ったのでシオンに確認してもらった。問題ないようだ、順番に寝て朝からまた移動。付き合ってもらって申し訳ないです。

着いた。一日半かかった。遠いな～。上から見ただけでは距離がつかめなかった。

でも来てよかった。目の前には小麦の穂《ほ》……たぶん。知っている小麦よりかなり穂が大きいが。綺麗な黄褐色《おうかっしょく》になって穂が垂れているので、おそらく収穫してもいい時期だ。一つを魔法でちぎって手で揉んで脱穀《だっこく》する。魔法で粉にして食べてみる。

やばい、にやにやする。知っている小麦より風味がいい、しかも甘味もあって美味いような気がする。何より異世界に小麦があったことに感謝だ。収穫しよう。収穫……あ、一人だ……無理。いや、諦めない！　欲しいのは穂、なら茎の下を魔法で切っても問題ないな。立っている小麦の根元を風魔法で「カット」、倒れないように「固定」。空中に浮いた小麦を次々収穫。一面の小麦が消えた。

ちょっと休憩《きゅうけい》。

出発しようとすると、ヒオが邪魔をする。どうしたのだろう？　視線を合わせたあと、首をひねって背中を見せる。……まさか、乗っていいのか？　伏せをしてくれるので乗ってみる。お～視線が高い……高すぎる。そうか、ヒオとシオンは飛べた。チャヤとササも……飛んでいる。飛べたのか？　チャヤとササがちょっと怖がっているようだが。木が飛んでいた風景を思い出す。チャヤ達はヒオかシオンの魔法で飛んでいるのか。ハハ、それは怖い、俺も実はかなり怖い。子蜘蛛と子アリは大丈夫と地上から帰るらしい。大丈夫かな？　心配だ。俺も落ちないか心配で首元を抱きしめさせてもらった。

一日半が数時間で帰宅。空を駆けるのはすごいな。スピードが速すぎて恐怖しか印象にないけど。途中で出かけていたのかふわふわと飛びトカゲ、カレンに会った。家に戻るとコア達とチャイ達が勢ぞろい。心配をかけてしまったようだ。気を付けよう。

子蜘蛛と子アリが無事帰宅。不気味なヘビを狩ってきた。から揚げの催促《さいそく》だろう、頑張った。

88.　魔法にも限界が……小麦！

畑の隅にある肥料作りの場所に行く。発酵《はっこう》しているモノを確かめる。日本より落ち葉の発酵する速度が速いようだ。収穫していらなくなった茎などの硬い部分もほぼ一日で原形がなくなる。

肥料作りの場所に、料理で残る野菜くずの捨て場を作ってから一ヶ月。日本より発酵スピードが速いことに気が付いた。日本では野菜くずを土の中に入れて、約一ヵ月かけて使える堆肥《たいひ》となる。こちらでは見た感じ二週間で使用可能な堆肥になっている気がする。

驚異のスピード発酵だ。

そしてもう一つ気が付いたことがある。それは、魔法で発酵を速めた堆肥と自然発酵に任せた堆肥を比べると、色や匂いが自然発酵に任せて作った堆肥の方がいいのだ。二つの違いが気になったので、野菜の成長スピードを確かめるために実験栽培をしてみることにした。

一〇種類の野菜を二株ずつ準備する。魔法で作った堆肥を混ぜた土に一〇種類。自然発酵で作った堆肥を混ぜた土に一〇種類。この二つの成長速度を見て違いを確かめる。

目の前にあるのは一〇種類二株ずつ。どう見ても自然発酵させた堆肥を混ぜた土の方が育ちがいい。野菜を育てて感じたことだが、この世界の野菜の成長は早い。特に自然発酵させた堆肥を混ぜた土で育てた野菜は成長が著《いちじる》しい。堆肥をうまく使い、野菜を育てていけば食べ物で困ることがないかもしれない。異世界での食料に関する心配が減るのはうれしい。

肥料の違いは成長速度の他にも葉の色や幹の太さ。そして収穫する量に出ている。野菜によっては収穫する数が二倍近い野菜も。発酵は自然に任せた方がいいようだ。魔法は万能だと思っていたのだが……。野菜と菌……つまり生きているものだ。魔力の影響があるのかもしれないな。なんでも魔法でするのはダメなようだ、気を付けよう。調味料も自然に発酵させた方がいいかもしれないな。と言ってもまだ魚醤《ぎょしょう》とワインだけだが。どうしても必要な量は仕方ないがそれ以外は自然に発酵するのを待つか。待ち遠しいな。いや、我慢だ我慢。

魔法のことで考えさせられたのでちょっと実験。種を植えて魔法で急成長。お肉を魔法で焼いたモノと炭岩で焼いたモノ。結論。野菜を育てるのに魔法は使わないほうがいい。食事を作ることに関しても魔法は極力控える。野菜を最初から魔法で育てるとかなり味が落ちた、料理に関しても旨味が少し減った気がする。魔法は万能と思っていたが落とし穴があったな。時間はあるのだ、ゆっくり育てればいいし料理も普通に作ればいい。ただ、自然に発酵させるのであれば、いろいろ時期を考えて仕込みをする必要があるのかもしれない。今のところ魚醤とワイン。これからのことも考えて発酵スピードを調べることも重要だろう。……徐々にしていこう。

持って帰ってきた小麦は簡易脱穀機、小麦の大きさより少し小さい幅の櫛《くし》のようなモノを作ってそこに小麦を通して脱穀。想像していたより簡単に脱穀が完了。次に籾摺《もみす》り、籾殻《もみがら》から小麦を取り出すのだが……。二枚の板に小麦を挟み、すり合わせてみる。うろ覚えの方法だが結構いける、すり合わせる板に溝を彫ってみる。籾摺りが少し早くなった。量が多いのでちょっと遠い目。……一つ目達が手伝いに来てくれた。助かった。

……俺より作業が速い。

籾摺りしたモノを集めて高いところから下に落とし、風で籾殻を飛ばす。風の微調整がちょっと大変だったが数度の失敗ののち成功。一つ目達の手伝いが完璧だ。乾燥は部屋にゆっくり風を流して数日放置。布の袋に詰められた小麦が完成。次の春っぽい季節に植える種も確保できた。満足。

次は天然酵母を作って目指せパン！

89.　酵母作り……ピザ窯《がま》の量産？

小麦を粉にする。真っ白という見慣れたモノよりうっすら茶色の粉。これが小麦として活躍するのかかなり不安だ。まぁやるだけのことはやってみる。

パン作りに必要なのは天然酵母。通常はお店で購入したりするがここにはない。なので小麦粉から自作だ。パン作りに嵌《はま》った姉の手伝いをしていてよかった。なぜか酵母係と言われて酵母をいろいろ作らされた。懐かしい。

銀の鉱石から同じサイズのスプーンを二つ。赤いビンを一つ作って用意万端。全てのモノにクリーンをかけて、小麦粉をスプーンで一杯。赤いビンに入れて次に水をスプーンに一杯。混ぜてビンに蓋をして、室温で保管。二四時間後、小麦粉をスプーン二杯。水も二杯入れて混ぜ混ぜ。室温で二四時間保管。ふつふつと泡が出てくるのが見える。ここまでは順調。これを増やしながら発酵を進めることにする。

これからは、小麦粉の量をスプーン四杯にして水の量を四杯弱で混ぜ、冷蔵庫に入れて寝かせて様子を見て発酵状態を確認する。三日後に小麦粉を四杯、水は少なめの四杯を入れて混ぜ、冷蔵庫で保管。数度繰り返してビンの八割ぐらいになったら発酵状態を確認。発酵臭とふわふわとした感じになったら元種《もとだね》完成。この世界は発酵が日本より早いので、最初のうちは毎日確認しておかないとなー。ところで、ずっと隣に一つ目がいるのだが、なんだろうか？

天然酵母を作りながら一つ懸念を思い出した。手元に量りがない。パンを作るのにどうしても必要となる。量りの代わりになるもの……天秤量り《てんびんばか》だろうか。しっかりとした量は量れないが倍の量などを量ることはできるはず。

天秤を作ってみた。万能岩を左右の天秤に乗っけて同じ量に微調整。同じものを数個作り、その一つを半分に分けてまた天秤にのせて、ちょうど半分になるように微調整。何度も繰り返して天秤量りの部品を作っていく。大まかにだが二分の一や四分の一などが量れるようになった。進歩を感じた。ここでも一つ目が隣にいる、ちょっと怖いんだが。

準備万全と確認して大切なものが足りない。焼く道具がない！　忘れていたことにびっくりだ。

ピザ窯ならテレビで見たことがある、パンもきっと問題ないはず。とりあえず設置する場所を考える。炭岩は煙が出ないので家の中でも大丈夫だろうか？　ん～ちょっと心配だな、ウッドデッキに置いて様子を見るか。問題なければ家の中に作りたい。今あるキッチンは日本のシステムキッチン風。大鍋料理は外のバーベキュー台で作っているんだよな。キッチンの改造を考えるか、後で。

巨大なバーベキュー台五台の隣に、決定。ウッドデッキに直接熱が伝わらないように金の鉱石で板を作り置く。大きいほうがいいかなっと横幅を一メートル、奥行き一．三メートルぐらいの巨大なサイズに。まぁ大丈夫だろう。岩を金の鉱石と同じサイズ、高さは腰より少し下ぐらいで土台に加工する。俺がテレビで見たピザ窯はドーム型なのでドーム型。岩をドーム型に加工して作っておいた土台にのせる。魔法で岩と岩をなじませて完成！

テストの焼き入れを行う。炭岩を熱して窯の奥に入れていく。テスト用にお肉を焼いてみる。美味い。バーベキューとはまた違う美味さになった。好評だった……ピザ窯を五つほど作った。足りるはずだ。

90. パン作り……秋は一瞬。

小麦を粉にする道具が必要だな。何がいいかな？　そういえば、テレビでは臼《うす》……石臼か。作りたいが……また時間がある時だな。今回は魔法でやろう。ん？　一つ目……まぁ見ているだけなら問題ないか。天秤量りで小麦粉の半分の量の水を用意。水と同量の天然酵母を用意。水の一〇分の一の砂糖を用意して塩は一つまみ。水を少し温め、砂糖を入れ、天然酵母を入れて混ぜる。しばらく置いておくとふつふつと予備発酵が始まる。小麦粉と塩を入れて混ぜる。水っぽい場合は粉を少し足して様子を見る。いい感じにできたと自画自賛。なぜか一つ目がパン生地をツンツン……問題ないな。生地がまとまったので板の上でこねる。このこねるのが結構大変なんだよな〜。魔法でやりたいけど……頑張る。こねてこねてこねて。粉気がなくなるまでこねる。お〜表面がツルン。目指した状態になったようだ。一つ目、つつくな。次は濡れた布をかぶせて発酵。おおよそ六時間ぐらい、二倍ぐらいの大きさになるまでゆっくり待つ。

その間に収穫のお手伝い。農業隊が小規模で植えた野菜が育っていた。成長が早いな～。……見たことのない野菜だった、食べられるのかこれ。不気味な色をしているが……まぁ大丈夫だろう。

解体のお手伝いと、アメーバとちょっと遊んで発酵終了。膨らんだ生地は気持ちがいい。もう一度こねて生地を丸めて濡れた布をかぶせてもう一度発酵。二八度がベストなのだがここでは分からないので、感覚的なモノを思い出す。用意していた岩の棚にパン生地を入れ、手を入れて中の温度を調整。一つ目も一緒に……確認なんだろうな、なんなんだ？……気にしないほうがいいな。おそらく大丈夫と思える温度にして蓋をして二時間ぐらい。時計もないのでこちらも感覚。しっかり膨らんだのを確認して形を整える。焼く時に使う鉄板にパン生地を並べて濡れた布をかぶせてもう一度発酵。四五分ぐらい待ってから温めたピザ窯で一〇分。初めてにしては外パリッパリの中ふっくら。正直に言おう、美味い。まさかの成功、回数を重ねて成功させようと思ったが。小麦粉が無駄にならなくてよかった。

一つ目が焼けたパンを持ち上げて……裏を見て……何してる？　視線が合ったがパンを渡してどこかに行ってしまった。何だったんだ？　気になる……まさかと思うが……。今は久々のパンを楽しもう。子アリと子蜘蛛が大集合。皆で少しずつ楽しんだ。

過ごしやすい日々を満喫していたら一〇日ぐらいで寒さが来た。秋が過ぎるのが早すぎるような気がする。この異世界の常識なのだろうか？

三つ目達が持ってくる服が長袖になり、毛皮を内側に縫《ぬ》い付けたジャケットのような服も。夏はブルー系の服が多かったが、寒くなりだしてからはオレンジ系の色の服が増え始めた。季節感もばっちりだ。ファッション情報をどこで仕入れたかは気にしないほうがいいんだろうな。……俺よりセンスが……気にしないからな！　見せる人がいないのが残念だ。いや、まだ諦めていないが……。

朝、焼きたてのパンが……。なんとなく予感はしていたが、俺が焼くよりもしっとりふわふわ……美味しい。これは気になるって！

91. 冬の始まり……俺のやること？

寒くなってきたな～っと感じて数日。急に寒さが厳しくなった。この世界ちょっと暑さとか寒さが激しい気がする。

寒いので家の中でできることを……あれ？　小麦の籾摺りを一つ目三体が頑張っている。……ありがとう。粉にするのは……。一つ目も魔法が使えるのか、すごいな～。酵母作り……こちらは姿が見えないが酵母の量は減っていない。魚醬は、発酵をさせているビンが増えているな。砂糖は、こちらも減っていない。油は、今作っている最中だったか……ありがとう。塩もか。……やることが無いのだが。一つ目達に交じって農業隊の姿も……あぁ、ありがとう。

石臼を作ろうかな。そうしよう。形は分かる。構造もなんとなく。とりあえず岩で大まかに直径三〇センチの円柱を作る。高さは二〇センチぐらいのはず。その円柱を半分に切る。真ん中で切るのではなく少しずらして切るのがポイント。短いほうが土台になる下の臼、長いほうがクルクルと動かす上の臼。……確か上下の当たる部分に加工が必要だったな。上が凹で下が凸でよかったはず、テレビでも見た記憶あるし。魔法で調整しながら削る。……高さが短くなったが気にしない。下の部分がちょっと薄くなった。大丈夫だろう、たぶん。上の臼にクルクル回す時につかむ持ち手を作る。持ち手も岩で作って痛くないように金の鉱石でつるつるに加工。上の臼と下の臼の中央に棒を刺す穴をあける。上の臼には小麦を入れる穴を貫通させて上の臼は完成。下の臼の穴に銀の鉱石を加工した棒を刺して上の臼をかぶせて完成。駄目だ、臼の上下が当たる表面に溝を掘るのを忘れた。魔法で綺麗に溝を掘って、今度こそ完成。

お試しで小麦を入れてくるくる。綺麗に粉になっている……いつの間にか一つ目が隣に。えっと、俺が……あとはお願いします。

一階のキッチン隣の部屋を一つ目の作業部屋として改装。作業台にコンロ。岩人形はちょっと背が小さいので踏み台。あとは、パンを発酵させる場所？……発酵状態を見る棚？……小さい保存部屋？　希望を聞いたとおりに作ったが、本格的すぎないか？　それに俺の仕事が……。楽だけど、楽……何かすることを探そう。

本格的な冬のようで寒い。雪がちらほら。シュリを見かけないと思ったら親玉さんも見かけない。探したら親玉さんは……サイズが少し小さくなって地下二階で子蜘蛛ちび蜘蛛と集まって寝ていた。……冬眠か？　ということはシュリも土の中で家族みんなで冬眠？　朝も昼も見かけないのでやはり冬眠なのか？　ここ数日見かけていないしな。夕飯の時間、居た。冬眠ではなかったのだろうか。今日はから揚げ……まさかこれ？……とりあえず予定外の量を作ることになったので頑張った。

家の中のキッチンでは限界が。揚げている途中で改造をしようと決意する。農業隊がお手伝いをしているが揚げる場所が少なすぎる。改造頑張ろう。……作りながら食べると火傷する、美味いけど。

から揚げ、照り焼き、コショウ焼き、蒸し焼き、煮豚風、角煮風、チャーシュー。ナスもどきの揚げ煮、カリカリ焼き、はさみ焼き、はさみ揚げ。大根もどきのから揚げ、甘辛、もちもち焼き、はさみ焼き。シュリ家族と親玉さん家族はメニューによって冬眠をやめて起きてくる。ナスもどきは親玉さん家族、大根もどきはシュリ家族、肉は両家族。冬眠ではない！　ただ、これ以外の場合は起きてこないので……冬眠もどきなのか？　どちらにしても、すごい嗅覚だとちびアリとちび蜘蛛の争奪戦を見て思う。

92. キッチン改造……ワイン！

キッチンを改造する。必要なものは大きな鍋が同時に調理できるコンロ。今のところ火は炭岩。

竈風のほうがいいかな？

とりあえずキッチンを広げたいが……。隣にすでにダイニングとリビングがあるので広げるのは無理か？……あ、岩はあるな。バッグからダイニングとは反対の場所、キッチンにくっつける状態で巨大な岩を瞬間移動。岩に魔力を通してキッチンにつなげる。壁を外側に押すようにイメージで空間を広げていく、キッチンが三倍の広さになった。追加した岩の部分も問題なし、完璧！　新しく作った壁に元からあったガラスもどきを組み込んで窓を作る。その下に竈の土台を腰の高さより少し下に作る。鍋を置いた時に使いやすい位置を考える……たぶん大丈夫。竈の数は五、いや八個だな。竈の下には火元を入れる場所が必要なんだが、八個の竈の下を広い空間にすると熱を溜めるのも大変だな。竈一つだけ使うのも不便というか無駄が多い。竈一つ一つが独立するように壁を作るか。これで一つだけ使う時にも無駄がない……はず。テレビで見た竈は炭を入れる場所に扉があったので、空気穴以外にはすべて蓋を作る。コンロの穴のサイズは巨大鍋サイズ。小さい鍋を使用する時は鉄板をのせて落ちないように。火傷対策と熱の対策に銀の鉱石を薄く延ばして竈全体に張り付け、巨大な独立八竈の完成。竈の隣にバーベキューコンロを三つ、ピザ窯を三つ。壁一面が埋まった。気にしたらダメだ！　竈を背にする場所に洗い場を作った。……野菜を大量に洗うので大きめを三つ用意、すごいな。煙対策と匂い対策……考えていないが問題あるか？　炭岩を使っても煙が出ていないのは確認済み、バーベキューコンロは肉を焼いた時ぐらいか。ピザ窯は……必要になってからでいいか。キッチンの改造、完成。

初めての火いれ、ドキドキするが問題なし。コア達やチャイ達がバーベキューコンロを作ったあたりでうろうろ。ピザ窯を作ったあたりでアイ達とリス達がうろうろ。完成と喜んでいるとダイニングとリビングに全員集合。シュリ家族と親玉さん家族も。キッチンでは天井に張り付かないように！　糸でぶら下がるのは危ないから！

全ての竈を使って料理をした感想。火元が大量にあるので部屋全体が暑すぎる。改善を必要とする問題が見つかった。とりあえず、魔法で部屋の温度を下げると竈の温度も下がるのでNG。空気を入れ替える小窓を作って部屋の空気を外へ。なんとか改善。

パンを焼いて串焼きを焼いて、野菜とお肉の煮物を大量に。バーベキューコンロを三つにして正解。コンロ一つがありえないほどでかいのは気にしない。一気に料理ができるので争奪戦が落ち着いた。ようやく争奪戦に終止符を打てた、よかった。怖かったから本当に良かった。

親玉さん家族とシュリの家族が満足そうに寝床に帰っていく。いつもより満足そうだ……冬眠はいいのか？

一つ目が呼びに来たのでついていくとワイン貯蔵庫。もしかしてと一樽からワインを少し抜き取って味見。……お～美味しい。ワインも発酵が早いんだな。今日の夜にみんなにも味を見てもらおうかな。

ワインの貯蔵数を見る。一五〇樽、増えに増えてなぜか一〇〇を超える数になっている。一つ目に言われるままに造ったが……どうなんだろう。

種類の違う三種類のブドウのワイン。どれも美味しい、……造って正解だな。

93.　ワインを楽しむ……雪。

ワインを皆で楽しんだ。親玉さんとシュリは不参加、お酒は好きではないのか？

「……予想外だ」

盛り上がったコア達がなぜか広場で格闘中。周りでほかの子達が大盛り上がり。……闘犬ならぬ闘狼なのか。怪我もちらほら、……止められるなら止めている。どうしようか。

「終わった？　よかった～」

チャイ達とアイ達が次に続く、なんで？　仕方がないので様子を見る。コア達はこっちにおいで、治療しないと。そういえば、この頃は結界を張り直してなかったな。明日は全員の結界を張り直そう。

「あれって、チャイ？」

……チャイ達ってみんな巨大化できるんだね。すごい迫力……コア達ほどでもないのかな。アイ達も頑張ったが、迫力の違い？　最終的には押されていたな。

「な、なんでここに居るの？」

今日は冬眠……寝てたよね！　この寒い中シュリがどうしてやる気なんだ？　子アリとちびアリも！……親玉さんまで！　というか、お前達いつの間に飲んだんだ？　ちびアリは大丈夫なのか千鳥足なんて可愛いぐらいの状態だが。……千鳥足の巨大蜘蛛対巨大アリ、魔法の乱発はやめてほしい。あ、子蜘蛛が川に……助けるから待て。

「ふ～、ゆっくりお酒が楽しめない」

ん？　カレンは静かに飲むタイプか？……ワイン樽に顔を突っ込んだまま寝ない！

「窒息したらどうするんだ」

ふわふわと飛びトカゲはいつも通りか、ホッとする。本当にホッとする、よかった。まともな子がいた！

「あれは、一つ目達か？」

こら！　一つ目、ワインを配って歩かない！　ほら、またコア達が……。広場に急いで結界を張って正解だった。被害は出ていない、広場は……穴ぐらいなんでもないだろう。

次の日の夜もコアがワイン樽を……却下！　みんなの視線が痛い。七日に一回、お酒を解禁とした。説明するのが大変だった、だがこれは頑張った。七つの数字を入れた木の板を毎日減らして一になったら解禁。……板を勝手に動かさないように。

七日に一回、酒乱と乱闘を見ることになるとは。まさかずっと続くのか……まさかね、お酒に慣れるまでだよな……。食べ物では問題がなかったので安心をしていた。お酒が落とし穴だったとは……不覚。

雪が積もった。たった一日でかなりの量が降り、俺の腰のあたりまである。

日本に居た時には年に一回か二回。時たま降りすぎて大変な目に遭うこともあったが、電車が止まるしバスが混むしタクシーは捕まらないし、あれは最悪だった。

真っ白の雪、かなり綺麗だ。……アイ達とチャイ達はかなり元気だ。親玉さん達とシュリ達は本格的に冬眠するかも……いや、しないなあいつらは。カレンは……雪の間を飛び回っている……火を纏わせながら。初めて目にした時はカレンが火に焼かれているのかと焦ったが問題ないらしい。……焼かれているようにしか見えないが大丈夫なんだよな。異世界って不思議だ。

雪が積もっても酒乱と乱闘が開始される。ワインって体に悪いとかないよな、心配になってくる。……楽しそうだけど、見ているこっちは……慣れたな。今日は大量のから揚げにワイン。から揚げにはビールだが、ビールはないためワイン。ちょっと辛めのワインにしてみた。これならから揚げにも合う。

……冬眠は休憩らしい。シュリとチャイが乱闘している。シュリが時々黒い塊を出しているけど、どんな魔法なんだろう？　まぁ怪我に気をつけろよ～。

ふわふわ達は相変わらず三匹でワインを楽しんで……？　三匹？　白い丸い雪の塊が増えてる。目が小さく口がちょっと目に比べるとでかい。……どちら様？　いや、見つめられても。……まぁ問題ないならいいのかな。やっぱりこの子も飛ぶんだね。とりあえず近づいてきたのでツンと……マシュマロのような触り心地。雪ではなくマシュマロだったのか。……俺も酔っているな。とりあえず新しい仲間が増えるみたいだ。マシュマロでいいかな。

94. アメーバ？……雪の魔物？

酔ったわけでもなかった。マシュマロが増えた。いや、名前は変えた方が……気に入っているらしい。変えられない。マシュマロが増えたが、ん～どう見ても分からない種だよな。ふわふわに似ているがどこか違う。まぁ気にしても分からないものはそのまま放置。考えるだけ時間の無駄だからな。

だが、これは。アメーバが増殖した。一時、落ち着いていたのだがまた増えた。雪の中からいきなり出てきた時はビビった。なぜだろう、元のアメーバとはどことなく受ける印象が違うのだが。雪の中に居たからか？　アメーバだよな？　何が違うんだ？……感じる魔力が違うのか。水の中に居たアメーバはふわふわに近い魔力だった。新しい雪の中のアメーバはなんとなくマシュマロに近い？　もしかして増えているわけではなくて全く違うアメーバ？……まぁどちらにしてもアメーバが増えたということだな。とりあえず、問題なしでいいか。大丈夫……だよね？　頷いているから大丈夫だろう。ずっと頷いているけど……撫でてみる、冷たい。水のアメーバより冷たいけど大丈夫なんだろうか？　まぁ雪の中にもぐったりしているから大丈夫なんだろう。とりあえず、よろしく。

少しだけ暖かくなったような。冬も終わるのだろうか？　雪はまだ解けていないが。

親玉さんにいきなり担がれた。ビビって固まってしまった……。暴れると危ないかもしれないので、とりあえず身を任せておく。外に出て川の外側に移動。穴が一つ。また穴？……今度の穴は階段付きだった。

「なんで階段がついているんだ？」

なんだろうと見ていると中からシュリが顔を出す。新しいシュリの穴？　前足でシュリが来い来いしている。……何がしたいのか不明。とりあえず穴へ入ってみると……かなり広い。子蜘蛛が岩の入ったバッグを持ってきた。そして岩を一つ取り出して作った穴の壁にくっつける動作をする。……岩の壁を作ればいいのか？　とりあえず空間の壁に岩を壁としてコーティングしてみる。親玉さんも子蜘蛛も満足そうだ。間違ってはいないらしい。穴の壁一面を岩の壁でコーティング加工。シュリが上を指して下を指す。……天井と床にも必要らしい、頑張る。岩の空間は見間違えるほど完璧。

……で、次はどうするんだ？　子蜘蛛達が地上から雪を運び込んでいる。なるほど雪か。でもそのままだと解けると思うが。……ん～「冷凍庫」でいいのか？　穴全体が冷気に包まれる。これで雪は解けないだろう。子蜘蛛達が万歳をしている、あっていたらしい、よかった。……万歳覚えたのか、いつの間に。

子蜘蛛、子アリ、ちびアリ、ちび蜘蛛達が雪を運び込む。手伝って瞬間移動。これのほうが速い

からね。あっという間に終了。……あれ？　アメ――。この魔力は新しいアメーバのほうだな。雪の中を……泳いでいるような。マシュマロも雪の上でコロコロ。

……もしかしてこの子達雪がないと駄目なのか？　そういえば家の中にマシュマロは入らなかった。ふわふわと飛びトカゲは入るのに。雪関係の魔物なんだろうか？……とりあえずこれで大丈夫なんだな？　親玉さんに確かめる。大丈夫のようだ、よかった。雪の魔物……雪男？……違うな、絶対。

穴の階段も岩でコーティング、魔法で階段から冷気が漏れないように。水が流れこまないように、入口部分は地上より少し高く土を盛って魔法で固定。雨対策に屋根を作って……完璧。

コア達が地下の上を気にしている。確かに地下空間を魔法で固めても木の根っこが心配だ。第二の広場として広げることに決定。あれ？　また広がるのか……まぁ大丈夫だろう。

95. 春です……開拓に妊娠！

暖かくなったので新しく作った地下の上を開拓する。いつも通り木を伐採。切株はシュリが持ち上げ親玉さんが移動。連携がぴったり。シュリも親玉さんも大きいな～。軽トラぐらいになっていないか？　大きすぎるだろう。

「まだ成長するのかな？　怖いな～」

子蜘蛛達はある程度成長してからゆっくりになった。ちび蜘蛛達はまだ成長が止まっていない。子蜘蛛達に追いついたりするのかな？　みんなが軽トラぐらいになった想像……やめた。想像だけでも怖すぎる。

ゆっくり……いやかなりのスピードで移動する切株を眺める。速すぎないかな……。まぁ処理が速くていいか。

この頃は狩りにも出かけるようになっている。相変わらず狩ってくる獲物はでかい。ただ、見ているといつも同じメンバー。狩りに行かない子達がいるのだが、どうしてだろう？　どうしたのかな？　体調が悪いとかではないといいが。心配だ。

「それになぜか会えないんだよな。たまに見る姿は元気そうなんだけど。大丈夫かな？」

気が付くと目の前には広大な……広すぎる第二広場が。一つ目達が嬉しそうに柵を作り出したみたいだ。冬の間は仕事が少なかったからな。ただ、ずっと仕事があり続けることはないと思うのだが。怖い想像になるのでやめよう。

農業隊は畑を耕して……耕しているのは子アリとちびアリか。農業隊は種を植えているようだ。あれ？　農業隊の数が足りないな？　果実の森へ行ったのか。森も広いからな、頑張れ。

狩りも順調で子鬼達が嬉々として解体を始めた。解体のスピードを見て、手伝おうと思っていたが完全に諦めた。あれは無理、ついていけない。まぁ、分かってはいたが。

三つ目達から新しい服が来た。前とは全く違うデザイン……服の数を数えるのが怖い。あまり作る必要はないからな。

春は皆が仕事にやる気を出してくれるので俺は……暇《ひま》だ。

狩りに行かない理由が分かった。コアを含めたオオカミのメスと犬達のメスの妊娠。ちょっとびっくり。……春だし、当たり前のことか。

「子供か～」

……ちょっと人が恋しくなった。とりあえず森の境界線を探そうかな。焦らずゆっくり探そう。妊娠はうれしい。元気に生まれてくれたらそれでいい。

「食料は大丈夫だろうか？　ちょっと心配だな」

この冬は何とか保存部屋の食料で全員が過ごせた。驚いたのが全員がそれぞれ好きな野菜や果物ができたこと。野菜や果物は絶対に余ると思っていたが保存部屋にはあと少ししか残っていない。家族が増えるなら保存しておく量を増やすことも考えよう。

「畑を増やすことも必要かな？」

聞かれた！　無意識に声に出していたようだ。恐るべし農業隊。次の日から農業隊が畑の開拓を希望してきた。まだ決定ではないのだが……ないはずなのだが。広げますよ、子供達を飢えさせるわけにはいかないからな。……けして農業隊が怖いわけではない。怖いわけでは。

広すぎる！　もう少しでチャヤ達を見つけた洞窟に届くんだけど。家が小さくしか見えないっておかしいから！……ここまで！　俺は頑張った。次は負けそう……。

畑と同時に果実の森も広げた。果実の森を見ている農業隊がこわかっ……お願いされたので。ただ、広げた部分の半分以上がブドウもどきってどうしてだろう？　まぁ確かにみんなが求めてはいるけど、酒乱は怖いから、怖すぎるから！

……いや、ワインを切らす方が……ハハハ。

狩りを手伝った。畑にいると追い出される……ハハハもう気にならないからな！　肉の保存量も増やす必要があるからだ。

保存部屋を広げたが子供が増えたら足りない。どこに作ろうかな。やることができた、うれしい。

暖かくなって気持ちのいい風が吹くころに一気に出産が来た。可愛い、頑張ろう。

96. エンペラス国の王　二。

―エンペラス国　王様視点―


「どうなっている！」

周りにいる家臣に視線を向けるが、誰もが下を向いている。

「誰か答えぬか！」

我の声に誰も答えようとせんとは、王の我が聞いておるのに！　こやつら全員殺してやろうか。

どいつもこいつも役に立たない無能どもが。あ～、忌々《いまいま》しい。どうなっておるのだ。

「我の邪魔をして、ただで済むと思うなよ」

森の王は死んだか弱っているかのどちらかのはず。なのに今さら、そう今さらなんだというのだ。もう少しでこの手にすべてが落ちてくるはずだった。……クソ！

「失礼いたします」

目の前で跪《ひざまず》く魔導師長。我の力によって人より優れた力を手に入れることができた果報者。にも拘らず役に立たぬ裏切り者が。

声を震わせ話す内容に苛立ちが募る。

「ヒビの修復が不可能だと申すか」

「……はい、何度か試しましたがすべて失敗しました」

「……」

「修復にあたった魔導師達は記憶と魔法を全て忘れているようで」

「それで、その魔導師達はどうした？」

「……部屋にて様子を」

「殺せ、役に立たないモノはいらん」

「……しかし、彼らは」

「さっさと殺してこい！」

近くにいる騎士に命令を下す。騎士達は一瞬迷いを見せたようだがすぐに行動する。魔導師長がなにか言いかけていたようだが、無駄に時間をかけるな。すぐに動けない屑《くず》などここでは死に値する。

「とっとと解決しろ、これは命令だ！」

「……御意《ぎょい》の通り」

部屋から出る魔導師長の姿を憎々しげに見つめる。今度失敗したら奴を使って強化するか。

しかし何が原因だ？　これまで何度も魔石の強化はしてきたが、いきなりできなくなるなど……。ちっ忌々しい。本当に役立たずばかりだ。

「頭が痛くなる問題ばかりだ」

椅子の肘掛を何度もたたく。苛立ちが収まらん。魔石の結界が役に立たん？　ひびが直らん？　そんなことがあるわけがなかろう？　何か見落としがあるのだ、無能な魔導師どもが。しかしあの時の雷、我を脅かしおって……誰がやったか調べが付いたら覚えておれ！

何かを見落としているのか？　まさか此度《こたび》のこと、ほかの国からということは。森をカモフラージュにして何かしようとしている国があるのか？　いや、どの国も腑抜《ふぬ》けばかりだ。我の強国を相手にできるものなどおるものか。

「だが、もしもということもあるか」

調べることは必要だろう。第二騎士団に調べさせるか。

ここに来るのも久しぶりだ。目の前に並べられた奴隷ども。苛立ちを晴らすには奴隷をいたぶるのが一番。ここ数百年といろいろやり尽くしたので飽きていたが、そろそろ我の剣にも力を溜めておく。もしかしてということがあるからな。

にしてもどの奴隷も醜いモノだ。あの頭にある耳を見るだけで汚らわしい。我がこの世界に少しでも役立つようにしてやろう。

鞘《さや》から抜き出す魔剣の赤黒い光のなんとも美しいことよ。古代遺跡から見つけた魔剣。魔石より力を注ぎ命の血を繰り返しささげた至高の剣。その剣の力になれるとはなんとも贅沢なことだ。

「喜ぶがよい、我の力になれるのだからな」

奴隷の強張る顔に笑みがこぼれる。一気に振り下ろされる剣。

「うわっ」

振り上げた魔剣から眩しい光が溢れる。それがあまりに眩しく、手を放して目を腕で隠す。次の瞬間、腕に痛みが走る。だが、光が眩しすぎて、何が起こったのか確認ができない。しばらくすると光が落ち着き始める。そうなると気になりだす、ずきずきした腕の痛み。

「な、なんだ?」

我を呼びながら走り寄る誰かに腕を押さえられる。痛みに睨み付けると魔導師の一人が腕に治療魔法をかけているようだった。腕を見ると血が滴り落ちている。痛みが引いていくが……。

「血が……なぜ?」

我が血を流すだと。我には結界が何重にもかかっている。なのに血が流れている、我の尊い血が……。何が起こった?……剣に力を生け贄を……何が起こったのだ?

魔剣を見る。すでに白い光は消えて剣は地面に横たわっている。ふらふらと立ち上がり剣を拾う。赤黒く輝く美しかった我の剣が、黒く濁り刃はぼろぼろとなり、見る影もない。しかも、得体のしれない白い何かが、絡みついている。

何が起こった?

何が起こった?

地面に剣をたたきつける。ビギッと音がして剣の刃の部分が折れる。魔石と同時に見つけた魔剣。生け贄の血と命を注ぎこの世界最強の剣へと進化させた。我の手に持つにふさわしい剣へと。

何が起こった?

97. ある国の騎士　五。

―エンペラス国　第一騎士団　団長視点―

王の警護のため広場を見渡せる場所に立ち、振り上げられた魔剣を見つめる。視線をずらせば、並べられた奴隷達。ため息を吐きたくなるが、こらえて静かに視線を下に向ける。この国では当たり前の、だが俺にとってはいつまでたっても慣れない光景。いや、慣れる必要のない光景だ。

「俺には、まだ力が足りない」

だからここで手を握りしめ耐えるしかない。もっと力があれば。

「力が欲しい」

手に力を込めた時、広場が眩しい光に襲われた。あまりの眩しさに目をギュッと閉じ、手を翳《かざ》してみるが、光の威力が強く目がちかちかしてくる。なんとか耐えていると、光がスーッと消えていったのが分かった。異常が無いか王を中心に視線を走らせる。

「あれはっ！」

視線の先には腕から血を流している王の姿。王は呆然として周りを見渡している。そこへ、魔導師達が慌てて駆けつけたようだ。

「まさか、王の体に傷が付いたのか？　だが、王には何重にも結界が……」

他にも異常が無いか確認するために周りを見回す。だが、王の異常以外に異変が起きた形跡はない。

「そうだ、魔剣はどこだ？」

光が溢れる直前まで王が持っていた魔剣を探す。どうやら王の近くに落ちているようだが、違和感を覚える。なんだ？　何かが今までとは違う。遠いため違いがよく分からないが。あれ？　赤黒く不気味に輝いていたはずだが……消えている？　はぁ、ここからではよく見えないな。一度頭を振って、思考を中断する。不意に奴隷達が視界に入る。今、起きたことに驚いているようだ。

「あれ？」

何かに違和感を覚えた。何かがいつもと違う。なんだ？　あっ、奴隷達が驚いた表情をしている。

そう、驚いている。奴隷達は反抗しないように心を封じられているはず。その彼らが。もう一度確認しようと身を乗り出すが、すぐに騎士達が奴隷達を連れていってしまった。

「くそっ、後で確かめるか」

王が王城に帰る姿を見届けると、持場を離れる。魔導師が回収した魔剣が視界に入る。足早に魔導師に近づき声をかける。

「済まない。見せてもらえるか？」

「第一騎士団長殿。はい。かまいません、どうぞ」

目の前に差し出される魔剣。その変わりように息をのむ。以前見た時は魔剣から感じる魔力の力強さに驚き、まがまがしく赤黒く輝く光に戦慄《わなな》いたものだ。だが今、目の前にさらされた魔剣には力強さもまがまがしさも感じられない。……これが同じ魔剣なのか？　確かめたが同じものらしい。だが、目の前の魔剣は力など感じられない。黒く濁った、刃こぼれが激しい一本の古びた剣だ。そして刃に絡まる白い何か。……これは魔石にかけられたモノと同じ形のように見える。魔導師達が調べたが、いまだこれにどんな効果があるのか分かってはいない。じっくり、手に取って魔剣を眺めるが何が起こったのかは分からない。魔剣に絡まるモノに触れてみるが、特別何かを感じることもない。礼を言って魔剣を返す。

今回の魔剣とヒビの修復が失敗したこと、おそらく同じことが起こったのだろう。魔石と魔剣。どちらも古代遺跡から見つかった物だ。これが問題なのだろうか？　それとも他にも何か共通点が？

「なんだ？」

魔導師達が慌てている姿が視界の隅に映る。近づくと一人の魔導師が倒れているのが見えた。何があったのかと聞くと術の発動中に倒れたらしい。

「術の発動？」

魔剣に生け贄を注ぐためには、剣で切ると同時に術の発動が必要らしい。その術を発動させていた魔導師ということだ。ぐったりして動かない。魔導師が来たようなので場所を移動して様子を見る。

魔導師が手を翳すが首をひねっている。魔導師はまだ倒れたまま。魔導師がもう一度、治療を施しているようだが変化がない。

「どうした？」

「それが、体には何も問題がありません。なので治療の必要がないのです」

治療の必要がない？　しかし倒れているのだが……。

少しすると魔導師が目を覚ましたようだ。魔導師がホッとしている。周りの魔導師に責められていたからな。これで安心だろう。踵《きびす》を返して部屋に戻ろうと歩き出す。

「なんだお前達、ここはどこだ？　俺は……」

目を覚ました魔導師が声を張り上げ叫ぶ。その言葉に周りに静寂が訪れる。立ち止まり、彼らの様子に目を向ける。彼の様子に一つのことが頭をよぎる。一人の魔導師が、叫んだ魔導師の腕をつかみ声をかけている。その腕を振り払い周りを見て不信感をあらわにする魔導師。この光景を知っている。魔石のヒビの修復にあたった魔導師達と同じだ。……記憶のない魔導師。魔導師の仲間なのだろう、絶望の表情をしている。それはそうだろう、数時間前に彼以外の記憶のない魔導師はこの世から消えた。王の命令で。

「そうか」

不意に魔石と魔剣の共通している事柄に思い至った。確かにそうだ。どちらも命を注がれようとしていた。奴隷を生け贄として殺す直前だ。

「そういうことか」

また我々は、森の何かの怒りを買ってしまったのか。

98. 可愛い……え！

まさか、たった数日でみんなが出産するとは。母親達は欠けることなく、子供もみんな元気なようだ。よかった。

「それにしても、コアの家族以外は、なんでこんなに似ているんだ？」

コアとソアはどちらも四匹ずつ産んでいる。ただ、コアの近くにはチャイがずっといる。もしかして種を超えた出産？　まぁ、問題ないようだからいいかな。

チャイの家族にはメスが四匹。サウとササは五匹、サミが四匹でキサが三匹。……みんな同じような色の出方をしている。見分けが付かない、どうしよう。

アイの家族のメスは三匹。アミ、アユ、ミラは五匹ずつ産まれたようだ。元気なようで安心、ただみんな同じだ。目の色も色の出方も、大きさも。どうやって見分けたらいいんだ？

「子供の数は三八匹だな」

ん？　リス……子供？　小さいリスが大きいリスの背中に張り付いている。そうかリス達も子供が産まれたのか。すごい可愛いな。見分けは諦めた方がいいだろうな。もともとリス達は親も見分けがついていないのだ。不可能は不可能だ。

「一気に家族が増えたな」

……保存部屋を増やそう。地下一階の岩を調べるがすでにいっぱいいっぱい。無理か。他には、岩全体を調べると……地下二階の銀の鉱石がある反対側。鉱石の加工部屋などを作っているがその隣に岩が続いている。魔力を流して調べていくが……かなりでかい岩の塊があるのが確認できた。そういえば最初にここを調べた時、でかすぎて途中で止めてた場所だ。地下三階も作れそうなでかい塊、こんなにでかかったのか、頑張る。

頑張った。地下一階から降りられる階段を新しく作り、一から空間づくり。バッグに岩を切っては放り込むだけなんだが。それが結構な量のため時間もかかる……なにより、単純作業は飽きる！一〇日ほど空間づくりに時間を費やして地下二階と地下三階に保存部屋を作り上げた。作り上げるごとに一つ目達が喜んで棚を作成。最後の部屋を作ってから数時間後にすべて完成。

保存部屋の数は……かなりです。ワインの貯蔵庫も増やした、飲む機会だけは増やさないようにしよう。大丈夫なはずだ……たぶん。

子供達の成長が速い……生まれてまだ一ヵ月ぐらいなのだが。広場で魔法を放って追いかけっこをしている。大丈夫なのか？　まぁ母親達が見守っているから大丈夫なんだろう。可愛いが……遊び？　狩りの練習かな？　怪我だけは気を付けてほしい。

デジャビュ！……目の前の卵六個。そして親玉さんとシュリの姿。えっと、魔力を流せばいいんだよな。期待された視線を向けられるので頑張る。……前回より卵多いけど。気にしないほうがいい。またまたデジャビュ！　卵が割れて小さい黒い蜘蛛とアリが……ぞわぞわ。分かってはいたんだが。出てきたのは親玉さんとシュリの孫？……さすが卵六個分。数えきれない。……どう呼べばいいのだろうか。

畑仕事の農業隊の周りに小さい蜘蛛とアリが……いっぱい。数は……無数。畑を広げたので力強い新しい仲間だ。

呼び方はサイズで大まかに分けるように変更。生まれるたびに名前を追加していくと、やばい未来しか想像できない。頑張っても無理なものは無理。今の子供達だけでも見分けがつかないのに……。サイズの分け方は、俺の頭より小さいサイズを、ちび。片腕サイズを、子。両腕サイズを、親。なので畑仕事をしている子達はちびアリと子アリ、ちび蜘蛛。果実の森を手伝っているのが子蜘蛛達。親蜘蛛と親アリはいない。これからのことを考えたが……子で落ち着いてくれないかな。

みんなが親サイズになったら、すごいことになりそうだ。

99. アメーバもお手伝い？……暇だ。

農業隊の種うえが終わったようだ。なぜか手伝いを拒否された……ちょっと交渉を、諦めた。

……収穫は頑張る。

「収穫ぐらいは手伝わせてね。お願い」

それにしても広い。春の暖かさの中見渡す限り……畑、森。そして広場がある。目指したものとちょっと……かなり違うが問題はない。いや、熱帯雨林でサバイバルなんて考えてない！

……なぜかな？　アメーバが畑にいるんだが。近くで確認……畑のお手伝いらしい。……俺はダメと拒否されたのに。何が違うというんだ！　あれ？　このアメーバ、また新しい子では？　川の中のアメーバは川から出ないからな……。えっと、よろしく……畑のアメーバ？　畑のアメーバの様子を見ていると一体の農業隊員に腕を掴まれた。そして畑の外へ……拗《す》ねていないからな！

今年生まれた子供達はすでに親と一緒に狩りに行っている。まだ、親に比べて小さいから心配したが問題ないようだ。最近では小さい獲物は子供達が狩ってくることもある。母親達も狩りに参加しだしたので、狩りの手も足りている。なので俺のやることが無いのだが。どうしよう、暇だ。困ったな。

最近は仕事を捜し歩いて……。おかしいな～もっといろいろ作ったり、狩ったり。……覚悟した生活とかけ離れている。いや、これはこれで楽……。楽だけど、ここまですることが無いとちょっと。有能な仲間を持つといいと聞いたことがあるが有能すぎると駄目だと思う。俺が駄目になる。気持ちだけでもしっかりしておかないとな。

地下のマシュマロ達の様子を見に行く。春になって雪が本当に解けないか心配したが問題ないようだ。夏もこのままキープしていてほしい。マシュマロが雪を俺にぶつけてくる。……もう少しお手柔らかに。雪のアメーバも顔を出す。だから、加減して！　雪まみれになった。おかしい、様子を見に来ただけなのだが。雪の心配がちょっとあったので魔法で雪を作ってみた。すごい喜ばれた。雪が減っていたのかもしれない気を付けよう。

暖かい。さすがに冷凍庫の中は寒すぎる。冷凍庫の中では温める魔法は使えないしな。今度からはコートを持参しよう。

次は川の状態を確認。雪が降っても凍ることなく流れていた川。水のアメーバが顔を出して誘ってくる。ごめん、さすがにまだ寒いから。……今度は水か。かからないように逃げるが……全員はダメ。君達今一〇匹以上いるんだから！

疲れた。川の様子を見に行っただけなのに。

狩りに行っていた子供達と母親達が帰ってきたようだ。……巨大な牛と巨大なカエルか。寒くなり始めてから見かけなくなった巨大なカエル。あれは冬眠をするのかな？

解体は……子鬼達が準備万端。さすが、手も足も出ないよ俺。

母親達が自慢げに俺を見る。子育ては順調ってことかな？　ご苦労様、ありがとう。……このサイズ、まさか子供達が狩ったのか？……まさかね、違うよね！　この間までもっと小さいサイズの獲物だったのに。子供達は。うん、自慢げだ。ハハハ、すごいな～。頑張っているな、怪我はしないようにな。

リスの子供はまだまだ子供だった。ものすごく安心した。手のひらサイズって素晴らしい！

100.　木が立った……初めまして。

雪のアメーバと遊んで水のアメーバと遊んで……。コア達と戯れて、チャイ達と戯れて、子供達に遊ばれて。リスに癒されて、アイ達と戯れて……カレンに驚かされて。おかしいな、俺の一〇日余りの記憶が。……ずっと遊んでいないか？

いや、夕飯は頑張っている。そう料理、量が量なので俺だけでは無理だが。俺と一つ目達が頑張っている。これは俺が中心。まぁ嫌いではないのでそれはいいのだが……いや、うん問題なし。皆、喜んでいるし俺もうれしい。

一つ目達が頑張るのでは？　とちょっと不安に。だがどうやら味覚がなく分からないみたいだ。一度見た分量は覚えるようだが、味を見ながら修正したりするのは難しい。特にこの世界の食材はちょっと味が安定していない。その都度、味の修正が必要となる。塩コショウぐらいなら問題ないが。……よかったと安心したのは秘密です。

一つ目達が上手に焼き上げたパン。……別に悔しくはないが、調理パンを作ってみた。果実を混ぜたパンはオオカミと犬の子供達に大人気。最初お試しで焼いたのだが、子供達の争奪戦を初めて見た。親と違って加減が……いや親達も加減はなかったな。うん、数が多かったからすごかった。次からは大量に用意した。一つ目達、ヘルプ！

調理パンは俺担当。まだ、やることがあった！　良かった！……数が多すぎると思うんだ。

いつも通り遊び……いや、言い方を変えよう。……見回りをすることにしようかな。うん、見回り……いいと思う。

雪の状態と川の状態を確認するたびに全身びしょ濡れ。魔法で乾かしていると三つ目に見られた。ものすごく悲しそうに見つめられた。次の日、朝の遊び……見回りがいったん終わったら渡された乾いた服。ありがとう。毎回デザインや色が異なる服。服の数とか怖い。

広いウッドデッキで果実水タイム。そろそろまた森に入ってお茶を探したいな。

「……どちら様ですか？」

目の前には枯れ枝。動いている枯れ枝がいる。これは知っている、ナナフシだ。知っているサイズより一〇倍くらいでかいが。間違いない、ナナフシだ。

えっと魔物なのかな？　ナナフシを連れてきたカレンを見る。えっとどうして自慢げなんだろう。

最近、何か褒めてという時にみんな同じように胸を張る。俺にとって分かりやすいジェスチャーだと気が付いたようだ。

……ごめん。何を褒めればいいのか分からない……そんな目をしない。えらいぞ、ありがとう。

「さて、どうしたらいいのかな？」

ナナフシはどこからどう見ても木……いや昆虫か？　木でいいか、俺が知っているナナフシより木っぽいし。足が六本。その内の二本を器用に使って立っている。……普通に歩けるのか。なんとなく感動で手で拍手をしてしまった。ナナフシが前足にあたる足を動かして方向を示す。そちらに来てほしいってことなのか？　カレンが紹介したのだから問題はないだろう。

ナナフシに誘導されて森の中に。リス達がついてきている。他には子蜘蛛がいて、コア達がいてシュリもいる。なんだか賑やかな集団だ。

着いた先は……今まで見たどの木よりも太い大木。ただ、全体的に元気がなく枯れている。手を触れてみるが物悲しい気持ちになった。ナナフシを見ると……仲間が二匹いるみたいだ。三匹でこちらを見ている。

……何か求められているらしい。困った、どうしようか。両手を木に添えていると自然と魔力が木に流れているのが分かる。このままでも大丈夫かな？　ナナフシを見るが問題ないのか止めようとしない。ならこのまま、魔力を木に流す。

「えっ！」

木についていた葉がすべて落ちて枯れてしまった……！　まさか枯らしてしまうとは。ナナフシ達も驚いて木に近づく。うん、彼らにも予想外だったようだ。俺が悪いんだよな？　でも、知らなかったんだ。魔力を流しちゃ駄目だなんて！

101. 木、だよな……コアは一番。

気まずい。非常に気まずい。

枯れた木を見る。樹齢が恐ろしいほどの大木。そんなおそらくナナフシ達の大切な木を枯らしてしまった。……どうしようか。ん？　枯れた木の根元に何かある？　近づくといきなり見ていた部分から光があふれる。

「つぅわ」

あ～目がちかちかする。いきなりはやめてほしい。目が落ち着いてきたのでもう一度見てみるが、何もない。……なんなんだ？

周りを確認。コア達には問題はないようだ。子蜘蛛達も大丈夫。リス達もびっくりしたようだが問題なし。ナナフシ達は……ごめん、まったく分からない。とりあえず大丈夫だろう、きっと。

ん？　なんだ？　ズボンが何かに引っ掛かったか？……えっと、木だな。うん、木だよ。根が六本で小型の木、地上で動いているけど、確かに木だ。……木の魔物かな、これは敵？　違うかな、ものすごく友好的な雰囲気がダダ漏れだ。ナナフシ達が木の魔物を見て固まっている。ナナフシの前で手を振ってみるが……。大丈夫だろうか。それにしても木を枯らすわ、木の魔物をおびき寄せるわ、どうなっているんだ。今日は厄日《やくび》だろうか。

ん？　ごめん、別に無視したわけでは。あれ、そういえばコア達や子蜘蛛達が静かだな。周りを見るとなぜかみんな目を見開いて驚いているようだ。何に？　俺は周りを見る。変わっているのは木の魔物だけ。？　これが問題なのか？　特別、怖さもないんだが。どうしようか。

枯れた木はどうしようもないのでナナフシに謝っておいた。えらくびくびくしていたがどうしたんだ？　で、木の魔物だが……連れ帰ることになった。……ズボンを離さないため仕方なく。離そうとしたら、つかむ木の枝が増えた。成長スピードを無視した不思議な光景。ちょっと見入ってしまった。なので一緒に家に。新しい広場……はダメだ。地下が大切。ん～……この子、根を張るのかな。普通に根っこ部分で歩いているんだけど。まぁ何とかなるかな、なるなきっと。

ナナフシ達も一緒に来るの？　帰りの道にナナフシ達もいた。まぁいいか。問題は起こさないだろう、なんとなく。

家の隣にある湖の近くが気に入ったらしい。それにしてもどうしてみんな同じ反応なんだろうか。……木の魔物を見た瞬間に微動だにしなくなる。つまり、固まる。この子が何か特殊なのかもしれないな。……木だよな。動いている以外におかしなところは分からないのだが。いや、そもそも動くことが一番おかしいな。

ちょっと不安になってくる。コアに大丈夫かジェスチャー。深く頷かれた。大丈夫らしい、コアは最初から一緒にいるので信頼度が一番。コアが大丈夫なら大丈夫って感じになっている。負担が多くて申し訳ない。

すごいな、根っこが土の中に潜り込んでいく。というか、ここに定住するのか？　特に問題は……ふわふわは大丈夫。なら問題なし。……もしかして周りの木もこうやって場所とかを移動して根付いたのだろうか。異世界だ、あり得るかも。木が自分達でここがいい～って大移動か。日本でいえばアフリカの草原を大移動するヌーみたいに。ちょっと違うか……。……木の魔物を見る……移動……数が多くても可愛いのでは？　遠くからなら。

102. 朝の見回り……お昼はまったり。

毎日の日課を作った、見回りと仲間の確認。けして遊びまわっているわけではない！

朝起きてから一つ目達と挨拶《あいさつ》。朝ごはんは俺だけが食べるので夜の残りものとパン。夜の残りものがあればだが。

生活に少し変化があった。産まれた子供達が成長してくると、生活する場所が広場の小屋に移動した。家で生活しているのはコア、チャイ、アイ、と各二頭と親玉さんと子蜘蛛達。二頭は順番があるのだろうか毎日変わる。シュリの穴での生活は変わらない。リス達は不思議なことにいろいろな場所に点在している。ふわふわは湖、飛びトカゲは穴。カレンは畑にある止り木。一つ目がすべて把握しているので問題ないか確認。今日も問題なし。

マシュマロのところで雪の状態を確認。ちょっと雪合戦で遊んでみたり、たまにはコアも参加して……俺は逃げる。マシュマロとコアが雪の中に勢いよく潜り込んで遊んでいる。……遊んでいるはずだ……たまに親玉さんも参加したりする。俺は即行で逃げる。参加しないから、雪のアメーバも強制的に参加させようとしない！

雪の状態に問題がなければ次は川の確認。川べりを歩いて問題ないか確認。一応、仕事なのだからいきなり水弾を撃ってこないでほしい。水のアメーバは数が増えて……二〇匹ぐらいいる。一気に水弾とか卑怯だと思うんだが。前に畑に向かって水弾を撃って農業隊に怒られていた。何も言わないがあれは怒っていた。水のアメーバが綺麗に並んで頭を下げていた。なぜか俺も怒られた。俺は被害者だと思う……通じなかった。水のアメーバは畑に向けて水弾を撃たなくなった。俺はいいのか……。俺より影響力がでかい農業隊。悔しくは……気にしない！　水でびしょびしょになったので着替えるために一度家に。すでに用意されている服に着替えて木の魔物のところへ。着替えが用意されているとか気にしない、気にしない。

木の魔物のところへ行くとナナフシが大歓迎。木の魔物が家に来た次の日、特に見に行くこともなかったので、ナナフシがお昼ごろに呼びに来た。その時の雰囲気が……あまりにも悲愴感に打ちひしがれていて、木の魔物のところに行くと悲愴感が消えるので毎日の日課に追加した。ただ、行くたびに大歓迎とばかりに万歳はやめてほしい。……ナナフシにとっての何か合図なのだろうか。いまだにナナフシとは意思疎通《そつう》ができていない。ナナフシのジェスチャーが読めない。どんなに頑張っても分からなかった。諦めないが、ちょっとくじけそうだ。

畑の農業隊と畑を確認。畑についてはノータッチ。ちびアリやちび蜘蛛、子蜘蛛や子アリの様子を見る。畑にもアメーバが絶えずいるようになった。こちらも日々数が増えているのが確認できる。畑のアメーバはうまく手伝いができるらしい。……俺より農業隊に頼りにされている。くっ何が違うんだ！

果実の森の様子も確認。……ここにも畑のアメーバが。少しだけお手伝いさせてもらえないだろうか。……普通に首を振られた。見回り続けます。収穫をがんばろう。

家の中の見回り。巨大虫も元気な様子。一つの部屋にずっといるのでストレスとかないのか不安。三つ目に確認、問題なし。大丈夫なんだろう。隣の部屋はスルー。いつの間にかできた服の収納部屋。部屋の大きさが気になる。が、スルーしておく。部屋の奥に見えるスカートとかは絶対に見ない！　徐々に枚数が増えているとか知らない！

ある日の朝の着替えに……絶対に拒否。雰囲気が伝わったのか次から出てくることはなかった。よかった。

保存部屋と加工部屋を確認。朝は見回りだけで終わる……広いな。

お昼はまったり。特にすることが……。お茶を探しに行こうかな。

103. エンペラス国の王と第四騎士団団長　三。

―エンペラス国　王様視点―


「第五騎士団、準備が済み次第すぐに森の制圧に向かえ。我に刃向かった愚か者を連れてこい」

「はっ、必ずや愚か者を御前に引きずりだして見せます」

第五騎士団の団長の言葉に笑みが浮かぶ。愚かな森の王ども、我を本気で怒らせたことを後悔させてやる。ただ殺すだけでは甘い、苦しめて地獄を見せてから息の根を止めてやる。

「団長、必要な物はなんでもいい持っていけ」

「はっ、では。魔導師と奴隷を」

魔導師か？　まぁ、問題ない。

「好きなだけ持っていけ。期待しているぞ」

謁見の間を出ていく第五騎士団の団長を見送るとふつふつと笑いがこみあげる。最初からこうしていればよかったのだ。我も少し甘くなっていたのかもしれないな。だがそれも今日までだ。森に隠れている愚か者も我の偉大さを知る時が来たのだ。

「馬鹿な者だ。くくくっ」

「失礼します」

なんだ？　視線を向けると、肩がびくりと震えるのが見える。それにニヤリと笑みが浮かぶ。

「話せ」

「はっ。奴隷館を管理している者より、奴隷達の一部に変化が見られるということです」

変化？　変化したらどうだというのだ？　あの奴隷紋がある限り命令は絶対だ。

「奴隷紋に異常は？」

「いえ、そちらの報告はありません」

ならば、焦る必要などない……いや、殺すか。そうだな、どうせ代わりなどいくらでも産ませればいいのだ。どう変化したのかは知らんが、殺せばいいだけだ。

「変化したものは殺せ。減った数だけ補充させろ」

「……」

「なんだ？」

「いえ、了解いたしました。失礼いたします」

そう言うと、目の前の男は逃げるように謁見の間を出ていく。なんなんだ？　まぁ、どうでもいい。どんな者が我の前に引きずられてくるのか楽しみだ。


―エンペラス国　第四騎士団　団長視点―

友人の姿を見つけた。不思議な場所で会うものだな。今、来た方角を考えると奴隷館からか？

「珍しい場所で会うな」

「ん？　あぁそうだな」

何か考えごとをしていたようだ、驚かせてしまった。騎士の訓練場に向かうようなので共に行く。以前の任務失敗から第四騎士団は暇だ。いや、訓練はしているが以前のような覇気《はき》がない。それも仕方ないがと諦めている。王にとって、無能は生きる価値がない。今生きているのは、ほかのことに目が行っているからだろう。これからどうなるのかは不明だと第四騎士団員全員が分かっている。また、何か任務を言い渡されるのか。それとも俺達の首が落とされるのか、俺だけであればいいが。記憶のない魔導師達は即座に処刑された。あれを思えばいつその命令が下されてもおかしくはない。なんだ？　騎士の休憩所がずいぶんとあわただしいが。……あれは第五騎士団か。ずいぶん騒がしく、話が漏れ聞こえてくる。

「第五騎士団を使って森を制圧……か」

第五騎士団。戦闘狂集団とも言われている。また王への忠誠心が一番ある騎士団とも言われ国民からも支持がある。王のためならと手段を選ばず死を恐れず成果を上げ続けている。……森も第五なら。

「第五が動くなら」

「無理だな」

……一刀両断された。この友人は頭がいい。以前より森についていろいろと調べていた。その時は俺も含めて周りは無駄なことをと思っていた。だが、今思えば正しかったのだ。

「なぜだ？」

俺は、戦うことが生業《なりわい》だと思っている。魔獣や魔物相手ならば倒す自信がある。その力を見込まれて第四騎士団の団長を任されたのだ。まぁ失態をしでかしたが。

この友人も俺が認めるほど強い。だが、それ以上に世界が見えているのだと最近気が付いた。今、この国に何が起こっているのか、それも分かっているのではと思うことがある。

「敵は俺達を知っている、俺達は敵を知っているか？」

「……森ではないのか？」

「森は以前よりあそこにある、だがお前も言っていただろう」

「ならば、森の王か？」

「森の王ならば、なぜ今までこの力を出さなかった？」

「それは……」

「俺達は森を知らない。森の中にいる存在もその力も。だが、分かることもある。知っているだろう？　森を見てきたなら」

そうだ、俺の知っている以前の森とはあきらかに違うということを。変わってしまったのだ、森が。それはどうしてか？……分からない。

「変わったのか、それとも本来の力を取り戻したのか」

本来の力。森の王が森を守っていた時の森の力。俺達はその時を知らない。だが、もしそうなら森を復活させた存在がいるはず。それが、この国の敵？　あの森を復活させる力を持つ存在。微かに体が震える気がする。恐怖など昔、騎士に入ると決めた時に捨てたはず。だが、なんだこの得体のしれない不快感は。

「この国の敵は森の中にいる、だがこの世界の敵は誰だと思う？」

友人の言葉に顔がゆがむ。確かにこの国の敵は森の中にいる何かだ。世界の敵？……世界……確か森は世界そのものだと……。それが真実なら、森が求めた存在こそがこの世界の求めた存在。その存在の敵が、世界の敵……それは、この国……。我が国が世界の敵だというのか？　あまりの答えに唖然と友人を見つめる。友人は騎士の休憩所で盛り上がっている第五騎士団を見ている。その横顔に、どんな感情も読み取ることができない。だが、俺に視線を向けた一瞬だけ苦笑がもれた。

「正解とは限らないがな」

いや、おそらく一番正解に近いと感じる。心で納得している自分自身がいるのだ。第五騎士団が森に戦いを挑むならそれは……この世界に戦いを挑むということになるのか。

「俺達は……この国は……」

古代の力と今の力で強化された魔石でも最後まで落とせていない森の力。だが、数百年かけて確実に力は削がれてきていたはず。それをたった数か月で復活させる存在。そんな存在に挑むというのだ、ただの人間が。なんと無謀なんだろう。

「敵に回してはいけない存在が、この世界にはいるのだと思う」

友人の声が遠くに聞こえる。生きてきて初めて底が知れない存在を感じた。俺達はどれほどの力に戦争を挑んでいるのか。……どれほどの怒りを買うのか。

104. 森へ……毛虫！

お茶を探しに行こう。暇だからではない、けしてない。お茶が飲みたいからだ。

お供がいてくれる。アイとチャヤとササのようだ。リスが二匹に子蜘蛛達が木の上から。警護なのだろう。ありがとう。

まだ探索したことのない森を疾走《しっそう》する。見たことのない実もまだまだあるようだ。触りたくない色だが……大丈夫？　え、でも……紫に棘《とげ》にところどころ黒いんだけど。大丈夫なんだ。……ごめん、今はいいかな。もう少し勇気が出てから貰うよ。

すごくおいしそうな果実を発見。え、毒？　これ毒アリなんだ。桃のような表面ですごく甘いいい匂いがするのに。毒なのか。美味しそうだったのに、残念。お供がいなかったらお試し食いで毒死だな、間違いなく。

いや、そっちの色のやばそうなのは……持って帰るの？　持って帰るんだ。分かった。先ほどの果実より……赤黒いマーブルのような模様……あまり変わらないな。大丈夫というのだから大丈夫なんだろう。収穫を頑張った。収穫した手を見たが変化なし。大丈夫なようだ。……いや、信用はしている。

ちょっと休憩。持ってきたハンバーガーもどきが美味い。アイ達は……肉のボリュームが数倍を一〇個か。果実水も美味い！……子蜘蛛達はナスもどきを一本丸かじり……美味いのか、そうか。リスは収穫したばかりの果実、問題ない？　大丈夫？　よかった。

……あれ？　俺、お茶の木を見たことがないな。お茶も自分で入れたことがない……ペットボトル最高！……探すのは無理か。

どうしようか。アイ、ちょっとお願いが。果実水を飲んでから葉っぱを指さしてみる。分かるかな？

……ハハハ、無理だよね。ん～近くにある葉っぱをむしり取って水を出してその中に入れて飲むふりをする。葉っぱを見せる。お願い分かって……無理か。魔法より難題だ。どうすれば伝わるかな。ん？　アイ？　どこかに行こうとしている。とりあえずついて行こう。結構な距離を走り続けているがどこに行くんだ？　着いた場所は……赤い湖。……え、血？　違うのか。浄化をかけても変化なし、呪いではなくこの色……。そういえば地球にもあったよな……ピンクの湖とか、そんな感じか。

アイが一本の木を指す。近づくと果実がなっている。なんだ？　アイを見るが見つめ返される。

……収穫して匂いを嗅ぐ、香りはないな。ん～なんだろう。とりあえず割って……硬い。岩ナイフ……滑りそうだな、魔法で真っ二つ。中は種だけで空洞。実はない。さっきのジェスチャー伝わったのか？　とりあえず持ってきている水に種……違う？　皮の方なのか。えっと削って……頑張った。水の中に入れると色がうっすら赤に変化する。

期待した目で見ないでほしい。

一口、飲んでみる。お茶ではないがなんとも言えない清涼感がある。しかもかすかに甘味もあって、美味しい。少し薄いがちょっと加工すれば、もっと美味しくなる可能性があるな。ありがとうと、アイの頭をなでてあげた。あのジェスチャーで分かってくれてありがとう、本当に！　お茶ではないがそれに代わるものを見つけたみたいだ。それにしてもこの清涼感、癖になる。もう少し濃く出てくれれば……加工を頑張ろう。満足いくまで収穫した。

あとは帰るだけ。帰り道は行きとは違う道を探索しながら。やはりまだまだ見たことのない果実は大量にある。……手は出さない。また毒に手を出しそうになった。二度と一人では判断しない、絶対。

森を疾走していると目の前に何かが落ちる。ビビった～。急に落ちてくる……毛虫？　ものすごく敵対心を感じる毛虫……巨大な。日本で見た茶色の毛のあるやつに牙と角をプラスした……見た目が凶暴すぎる！　上から落ちてきたよな。上を見る……見なければよかった。木の上には大量の毛虫。それが一斉に下を向いて……やばい。落ちてきたっ！　と焦ったら空中で止まった。えっ？　あ、子蜘蛛達の糸が無数に木の間に張り巡らされている。それに引っ掛かる毛虫。気持ち悪い。とりあえず逃げる。子蜘蛛達ありがとう！

毛虫に埋もれた……夢だった。

105. 一日一回……ワインだね。

毛虫に追いかけられた……夢だった。

毛虫が上から降ってきた……夢だった。

あんなヤツ、大嫌いだ！

「やばい、寝不足だ」

お茶もどき、美味しい。皮を乾燥させたら味が濃くなった、成功。ほっこりします、寝不足の頭に優しい味……。お茶もどき……もどきとかめんどくさい。俺の中ではお茶でいい、玉ねぎでいい、ジャガイモでいい。肉じゃが二日目、美味しい。寝不足はいろいろと判断力を鈍らせる……いや、いつも通りか？

……あの日の果実が目の前に。嫌がらせだろうか。そんなに周りに当り散らしていないと……散らした？　大丈夫。よかった。……これは、頂きます。メロン……だと……、赤いマーブルのような不気味さでメロン味。美味い。熟した甘さが口の中に……。食わず嫌いだったかな……いや、挑戦は一日一回でお願いします。そっちは明日以降で。

なんとなく元気出た、寝不足だけど。今日はゆっくり寝られそうです。睡眠は大切だ。

……朝から異様な雰囲気の仲間達。今日は狩りに行っていない。どうしたのか。親達の雰囲気に子供達がちょっとビビっている。ん？……収穫なのか。手伝います！　コア達は……収穫物の移動のお手伝いか、なるほど。それにしてもすごい収穫量だな。朝から夕方まで収穫をしても終わらないとか。頑張ろう。

……あ、バーベキューの準備？　大丈夫、頑張ります。

ようやく果実の森に！　終わりが見えた。ん？　なぜか殺気立っていないか？……ブドウか。確かにワインが切れているんだよな。と言っても、すぐには飲めないぞ。発酵させないと、魔法で速めると味が落ちるし。……そんなショックを受けなくても。とりあえず頑張って収穫しよう。まぁ今回から農業隊がブドウの木を倍増してくれているから切れることはないかな。……あれ？　飲む仲間が増えているよな……大丈夫か？

……ハハハ、さすがだ農業隊。ブドウ農園ができている。初めに作った果実の森の五倍ぐらいの面積にブドウの木が綺麗に並んでいるな。圧巻だ。ん？　樽作り。そうだな、頑張るよ。

頑張った。目の前につみあがる樽。いや、つみあがってはいないな。完成した傍からすごい勢いで親玉さんが運び出す。鬼気迫る迫力で待たれるのは、怖いからやめてほしかった。一つ目達のブドウをつぶすスピードが……ここも鬼気迫っているな。農業隊も参加しだした、総出でワイン造り、すごいな。ワインの貯蔵庫に大量の樽。あれだけ広げたのに足りないってどうしてだろう。二階にもワイン貯蔵庫が増設。まぁ、みんなが喜んでいるから。まだだからな、まだ飲めないからな。我慢してくれ。ワインが切れた時は……怖かった。なくなった時の仲間の絶望は言葉では表現できない。納得してくれているのに目が……。数日、目を合わせられなかったからな。あの恐怖を思えばあと少し待たせることへの不満なんて……。

いや、怖いから。発酵していない状態だとただのブドウジュース。だから待て！　結界を張って入れないようにした方がいいかな。大丈夫？　一つ目達が言うなら大丈夫かな。何気にこの子達も怖いからね。

お？　子蜘蛛がすごい勢いで横を走り去っていったんだが。え、一つ目？　子蜘蛛のあとを追って一つ目疾走。あんなに速く走れるのか。あとを追ってみる。子蜘蛛に向かって一つ目がとび蹴り……あ、子蜘蛛が……。

一つ目が満足そうにうなずいて帰ってくる。えっと、あれ生きているのか？　大丈夫、そうか。何が？　手招きされたのでついて行く。……ワインの貯蔵庫。なるほど、すべて理解しました。

ハハハ、ありがとう。

ところで一つ目達ってもしかして強かったり……するのかな？

106.　お茶……酒乱、狂乱。

お茶の代わりとして持って帰ってきた大量の果実。加工に挑戦。日本のお茶の葉は発酵させて紅茶にする。同じことができたならいいな〜っと。何事も挑戦！　数ある失敗は振り返らないのがコツだ。とりあえず皮を細かく切る……硬い。金の鉱石で作ったナイフに変える。このナイフはよく

切れるが一つ注意しなければならないのが、手と指の場所。切れ味が良い分、かすった時は、ビビるほどスパッと切れる。いつ、指が落ちるかドキドキしてしまう。

……切れた。気を付けているのにナイフがかすった。これで一〇回目のヒール。おかしいな。

細かく切った果実の皮を少し乾燥させてみる。横で一つ目が金のナイフで果実の皮を綺麗に細かくしている。……すごい、皮がほぼ均一の大きさだ。……次は、っと。乾燥させた皮を布の袋に入れて揉む。一〇分、疲れた。紅茶を作るのは初めてなのでどこが完成か分からない。もう少し頑張る……一つ目か、ありがとう。

揉んだ皮からなんともいえないいい香りが。かすかに甘味の香り。これぐらいで大丈夫かな？　次は確か発酵をさせていたような。テレビ番組の記憶はいまいちはっきりしないな。温度を一定にしている発酵部屋に移動する。

……すごいな。魚醤がいっぱい並んでいる。

いい香り。発酵をした果実の皮は微かに香ばしいような香りがする。まだ終わりではないが、いい感じだ。最後に熱を加えて乾燥させる。ピザ窯の温度を低くして……低すぎてもダメだな。とりあえず皮を焼く！　失敗、焦げた。フライパンで焼いてみる。……成功！　綺麗に乾燥できたみたいだ。

とりあえず一杯。……え、色がない。香りは香ばしくて甘味があって美味しそう。味は、紅茶に似ている……とは言えないが美味しい。これは使えそうだな。色がないのがちょっと残念ではあるが。でも、美味しい。

ワインがちょっと早めだができたと言えるまでになった。一つ目が俺に連絡……目ざといな親玉さん、子アリども。とりあえず今日がワイン解禁日。待て、まだ料理が先。簡単にバーベキューにしたから。

串に刺さった大量の肉と野菜。焼いても焼いても消えていくから作り甲斐《がい》が……ない。追いつかないから大変なだけだ。ある程度でワイン解禁。コア達にはちょっと大きめのボール。銜《くわ》えて並んでいるのか。こぼさないのか？　魔法か便利だな。チャイ達とアイ達もか。子供達は、まだ……もう大人？　少しだけだぞ。飲みすぎるなよ。

親玉さん家族とシュリ家族もボール持参と。……ちび蜘蛛待て、どうして子蜘蛛と同じサイズのボールなんだ。チェンジ！

リス達は……並んでいるな。可愛いボールだ。本当、リスって癒される。

ふわふわと飛びトカゲも入れておくぞ。カレンは、ワイン樽に直接顔を突っ込まない！　ほら、一つ目に怒られるだろ。先にご飯を食べていて正解だな。目の前の怪獣対戦。子供達がまさかたった一杯目で……。まだ早かったのか？　ん～、難しいな。お～親玉さんが乱入してる。子供達、逃げる逃げる。

えっ！　こっちに来るな！　死ぬって！

……怖かった。シュリ対アイなのか。殺し合いはダメだからな、これは遊びだからな。両方から殺気を感じるのは気のせいか？　気のせいだよな、なっ！　ちょ、まじすぎる！　うわ！　上から大量の水が降ってきた。……なに？　水のアメーバが川から体を大きく上に伸ばして揺れている。

……なんだ？　あれ、川辺にボールが五つ？　ふわふわが運んだのか？　そうか、あいつら酔っているのか……あ、膨らんだ。もう一度大量の水。

……異世界の乱、だな……。

107. 忘れてました！……またまた洞窟。

水浸しの広場は原因達に片付けさせる。水のアメーバは無理……そうか。シュリ家族とアイの仲間達頑張れ。魔法で一瞬とかペナルティーにならないよな。残念。

ごめん、忘れていたわけでは……えっと。マシュマロと雪のアメーバの前で頭を下げる。確かにあれだけ騒げば聞こえるだろう。……正直忘れていました。えっと、雪に埋もれているのは親玉さんかな？　ハハハ、本気で許してほしい。次は持ってくるよ。ただしこの中では暴れないでね。お願い。震えながら親玉さんがやってくる。ん？　コアもいたのか。ハハハ、寒いな今日はいちだんと。今日の夜、マシュマロと雪のアメーバだけにはちょこっと差入れをしよう。そうしよう。許してくれてありがとう。とりあえず、温かい飲み物をくれ！

まだまだ森の探索は続いている。結界内だけのはずなのだが広い。

ん？　毛虫センサーが……進む道を変更。あっちはダメ！　頭上注意！　絶対！　木の上にちらっと見えたあのフォルム、きっと間違いない。絶対に近づくか！

「おお〜」

洞窟発見。……今まで以上のでかい入口。七メートルぐらいの高さがある気がする巨大な穴。奥に続いているのが入口からでも見て分かる。ドローン千里眼を飛ばして洞窟を上から見てみるが、森の下の洞窟のようで大きさが不明。空間認識もうまく大きさを捉えきれなかった。……大きいということか？　それとも大地とつながっていて区別ができない？　どちらにしても気になる。

洞窟に入ってみる。少し空気が変わったような……気のせいか？　入口からは分かりづらかったが少し下るような道がずっと続いている。歩き続けているが……変化がない。飽きてくるな、洞窟に入って結構な時間を歩いている。もう一度、認識魔法をかけてみるが洞窟の全貌《ぜんぼう》はやはり不明。ただ、歩いてきた道はしるしをつけることができた。思っていたより下って来ているようだ。時間も結構かかっているかな。今日は準備もしていないし、ここら辺で帰った方がいいか。遅いとみんなが心配するからな。なぜか、やたら心配されるんだよな。弱いせいかな？　ただな〜強くなるためには戦う実践訓練の必要があるが……コアや親玉さんと？　訓練で死ぬ未来しか見えないんだが。狩りをしない日など広場で遊んでいるがどう見ても訓練に見える。あの訓練に参加？……確実にあの世行きだ。せっかく生き残るすべを手に入れたのに、絶対嫌だ。みんなに甘えているな、俺。とりあえず今日はここまでにしよう。引き返すことを伝えてみんなで移動。それにしてもでかい道。

……まさか、このサイズの魔物がいたりしないよな。……もう一度大きさを確認。ハハハ、まさかね。えっと、洞窟の探索はやめた方がいいのか？　って今更な気もするし。どうし……あれは！

「火だるま！」

洞窟の入り口付近で火の手が上がると、地面を這っていた無数の奴が黒く炭となっていく。周りを確認すると木の上にもいやがる！

「土団子」

木の上に無数にいる奴を土の中に閉じ込める。木の上で奴を燃やすと木に火が移ってしまう。安心していると、土団子の重さで落ちてきた。もしかしたら土の中から出てくるか？

「火だるま！」

やっていることは残酷《ざんこく》なんだが……苦手なモノは苦手なんだ！　あの無数にある足とか、とげとげしい毛とか、無理！　周りを見ても奴の気配を感じない。

ん？　どうしたんだ、みんな。もう奴はいないから大丈夫だぞ。仲間も怖がらせるとは、奴らは俺の天敵だ！

108.　第五騎士団団長。

―エンペラス国　第五騎士団　団長視点―

森へ向かう自分の騎士団員達を確認する。どの顔にも恐怖など微塵《みじん》もなく、やる気がみなぎっている。問題はない。王の騎士でありながら、他の騎士団は臆病者がそろっている。森の少しの変化に右往左往と、みっともない。あれで騎士団などとよくも恥もなく言えるものだ。同じ騎士団として何度殴り倒しそうになったか。俺の横にいるこいつがいなかったら、王の前でほかの騎士を殺していたかもしれん。

「どうかなされましたか？」

俺が一番信頼している副団長。こいつはいつも冷静で俺の行動にも理解がある。俺のフォローとも言うがな。

「いや。ようやくだと思ってな」

「そうですね、大暴れしてください」

本当にこいつはよく分かっている。喉から笑いがこぼれる。

それにしても我が王に刃向かってくるとは愚かにもほどがある。どんな屑野郎かは知らないが、最強のエンペラス国を敵に回すことがどういうことか思い知るがいい。生きていることを心の底から後悔させてやろう。今から楽しみだ。

「準備に問題は？」

「奴隷だったら問題ないです」

「そうか」

「魔導師達が不思議がっていましたが説明しますか？」

「チッ、考えれば分かるだろうが、無能どもが」

今までの攻撃を見て古代魔石がどうも邪魔だと気が付いた。ならその魔石を使わない方法をとればいいだけだ。確かに古代魔石は強い。だが、それ以外にも攻撃魔法などいくらでも存在している。上位魔導師がいないから少し不安はあるが……。生きたままの奴隷を使えば、上位魔導師以上の力を引き出すことができるというのだから問題ないだろう。森に何がいるのかは知らんが問題などない。

俺は王に助けられ、そして強さをもらった。ならばこの人生、王のために使うのが当然。王の前に立ちふさがると言うならば、だれであろうと叩き切る。森の王？　それがどうした、過去の遺物が今さらわめいてうるさいだけだ。必ず王の御前に敵の首を並べてやる。それがなんであろうとだ。

遠くに森が見え始める。……確かに以前見た森とは違うか？　だが、大したことはないな。問題になるほどでもないだろうに、なにを第四騎士団の奴はビビっていたのか。

森の入り口に団員を集めて副団長がこれからのことを大まかに説明していく。魔導師達は準備に取り掛かっているようだ。森の結界はまだ幾重にも存在している。それを突破しないと森の入り口付近は問題ないが奥へは進めないからな。めんどくさい。王に認められた魔導師ならそれぐらい早急になんとかしろと言うのだ。森を焼くという副団長の言葉が聞こえる。少し団員に動揺が走った。だが、すぐにその動揺が消え闘志《とうし》が膨れ上がる。さすが俺が選び抜いた団員だ。奴隷が到着したようだ。何度かの失敗を経験として奴隷はすべて五歳以下を集めた。まだ戦闘の訓練をしていないゴミだ。もし奴隷紋に影響が出て逃げたとしてもこいつらは森ではエサだ。そして意識を強力な薬で狂わせている。こいつらの声にでも反応している可能性があるからな。これで奴隷には問題がないだろう。気づかれないように、逃げても問題ないやつら。王に進言した時にも問題なくすぐに用意された。こんなゴミなどいくらでも生み出せるのだから二〇〇ぐらいは問題ない。いや、ゴミの存在でありながら王の役に立てるのだ、名誉なことだな。

森の中に入り、最初に見えた広めの空間に森を広範囲に焼く魔法陣を展開する。奴隷を全て使えば見える範囲の森は簡単に燃える。結界を同時に破壊するために、もう一つ見つけた広めの空間にも魔法陣を展開。あとで追加されたゴミを足せばどれほどの結界が破けるか、楽しみだ。

109. フェンリル　シオン。

―狼に間違われているシオン視点―

洞窟の入り口で急に火の手が上がる。驚いて確認しようとすると、上から何かが落ちたと同時に燃え上がり炎の勢いが増す。驚きで警戒を強めるが、炎からは主の魔力を感じたので敵ではないと判断できた。主を見ると……なんとも言えない苦々しい顔。何があった？　あまりに急なことで何が起こったのか分からなかった。主は視力強化でもしているのか遠くのモノの判断が一瞬だ。俺達もかなり遠くまで見ることができるが主には負ける。しかも最近は森の中で危険察知まで広範囲に広げている。俺達は主の守りのはずなのだが……守られているような気がする。もっと頑張らねば。

俺らもコアも強さを求めて日々訓練をしている。俺ももっと強くなりたいから頑張っている。目標はコアに一回でも攻撃を決めること。子供達に無様な姿は見せたくないからな。

以前、俺達は主の強さを正確に測りきれていなかった。コアと親玉さんが共にいる時に恥を忍んで聞いてみた。コアも親玉さんも勝負は一瞬で終わると同じ答え。少し迷ったが、フェンリルの王がたった一瞬で負けるということかと気が付いた。これには驚いたが主の強さに納得のいくものでもあった。俺達では主の強さが分からなかった訳である。敵でなくてよかった。主は我々をとても大切にしてくれている。人間だと最初は睨んでしまったが、あれも寛大な心で許してくれた。本当に優しい。

主の心の広さが森に変化をもたらしてくれた。命を助けてくれただけでなく生きることの意味を教えてくれた。仲間の大切さは主が俺達を大切にしてくれることで学んだ。自分の住処だけでなく俺達も共に住むことを許し、俺達が住みやすいようにもしてくれた。あの大量のゴーレム達は正直に言えば俺達よりはるかに強い。コアも苦笑いしていた。そんな強さを持ちながら俺達がすることを優先してくれる。駄目なことはある。それは主の食べるものを害すること、だがその食べ物は俺達にもふるまわれる。今まで食べたことがないモノもいっぱいあり、ついつい尻尾が揺れてしまう。我慢しようと思うのだが……。主が自ら作ってくれるというご褒美もある。これにはコアも尻尾が揺れているのを見てしまった。強いのにほかの種にも心を開いてくれる。主はすごい、誰よりも強くそして優しい。

いろいろ驚かされてきたが、最近では龍。主のもとに三龍が集ったことだ。龍は自己主張が強く、会ってしまったら最後死闘を繰り返すこともあった。それが、主のもとでは以前とは異なる存在のようになっている。

コアが確認したことがあるらしい。親玉さんもシュリ殿も驚いていたらしいからな。そして答えは主の魔力。主のそばにいると、主の魔力で包まれるような気配を感じる。それがとても心地がいいのだ。そして心が穏やかになっていくと言う。これには覚えがある。確かに主の魔力は不思議と心が落ち着く。普通は強い力を持つ者の魔力は近寄りがたいモノだ。近くにいるだけで恐怖を感じ心が悲鳴を上げる。同種の場合は少しはましだが、他の種の場合は恐怖以外の何物でもない。だが主の魔力は強いのに優しく包み込んでくれる。そしてその魔力は他の強いモノ達の魔力にも影響があるようで、最近は龍の近くでも恐怖を感じない。怒らせてしまうと恐怖を感じるだろうが、日常では普通に接することができる、思えば不思議だ。親玉さんと訓練ができるのも魔力で身が竦《すく》まないからだ。そうでなかったら近づくことなどできない。

食べ物を巡って森の王達と取り合いなど、今考えたらすごいな。あの時は必死すぎて気づかなかった。……すごいな。牙をむいたのに、ちょこっと奪ったのに、俺生きてる！　親玉さんも水龍も許してくれた。やっぱり主はすごい。

今日もご褒美がいっぱい……。あ！　土龍さん、それ、ちょこっと、ちょこっとください。

110. アンフェールフールミニ　シュリ。

―巨大アリ　シュリ視点―

主のもとに樹木の魔物トレントが来たことに驚いた――そして、世界樹《ユグドラシル》が自らの意思を持って移動をしたことには、もっと驚いた。自らの目で見なければ信じることはなかっただろう、今でも時々夢を見たのかと思う時がある。現実だと認識するのは湖の近くにその存在があればこそである。

世界樹はこの森の芯の部分を司る森そのもの。世界樹に何かあれば、それは森すべてに影響を及ぼすこととなる。だからこそ、だれにも見つけられないように何重にも結界が張られ、世界樹のもとには許された者達以外は近づくこともできなかった。それがトレントの導きで世界樹のもとへ招かれた、主。初めて見た世界樹は死にかけていた。おそらく魔眼から森を守り続けたために力尽きようとしているのだろう。主が魔力を注ぐが様子がおかしい。そして次の瞬間、世界樹が目の前で枯れた。あまりのことに動くことも声を上げることもできず、ただ枯れた世界樹を見つめた。だが、森の終わりではなかった。主の魔力を受けた世界樹は、あり得ないことに次世代を生み出した。余りの光景にただ、その奇跡を見つめた。トレント達ですらそれは予想外だったようでかなり驚いていた。……驚くというより混乱していた。まぁ、あの状況で混乱していないのは、主と世界樹だけだろうが。生まれた世界樹は不思議なことに、森の魔力と主の魔力を合わせたモノを持っていた。そしてその合わさった魔力が世界樹から大地へ、大地から木々へと、そして森全体へと広がる。何より世界樹は我々同様に主を慕いそばにあることを望んだ。主はさすがだ。世界樹とトレントをただの仲間として受け入れたのだから。

住処に世界樹を招いた時の仲間達の顔。あれは面白かった。主も楽しんでいるのか見回していたからな。根もはり、主の魔力を毎日受け止め日々成長する世界樹。まだまだ小さく、少し不安を感じるが、ゴーレム達も見守っているようだ。ゴーレム達は夜も外を警備して住処を守っている。あれ程心強い守りもないだろう。……敵を認識した場合のあの容赦のない瞬殺。あれは怖い。一切の迷いなく、そしてぶれもなく一刀両断。さすが主のゴーレムと言えるだろう。そのゴーレムに守られている世界樹。我々もいるのだ、大丈夫だろう。

主のゴーレムは今まで見てきたゴーレムとは明らかに異なる。見た目はあまり強そうに見えない。小さいフォルムになんとなく愛嬌がある。だまされて痛い目に遭ったものも多いが。外のゴーレムの強さは、魔物や魔獣が家に近づいた時に見たことがある。だから絶対に怒らせない。

住処の中のゴーレムはそれほど強くないと考えていた。外のゴーレムだけで守りは完璧に見えたためなのだが……。だからちょっと油断した。……ほんの少しワインをもらいたかっただけなのだが……。

見つかった瞬間追いかけられた。なぜかものすごく寒さを感じて逃げ出し自らの領域である穴に。ホッとした瞬間、目の前にゴーレムが。あっという間に真っ白な世界へ。起きた時にはゴーレムの姿はなく。子らに聞くと帰ったらしい……。帰った……。私の領域である穴の中には結界が張り巡らされている。そして一度穴に入ると、私か子らの許可がなければけして出られない……はずなのだが。帰った……。子らに確認、許可を出したのか？……隠れていたのか、では出していないな。私の穴と言えば、地獄の入り口と言われることもあるのだが？　主のゴーレム達には全く効果がないということか？……住処の中のゴーレムも恐ろしいほど強いのだな。子らが私の様子をうかがっている。大丈夫だ、あとでしっかり謝るから。主のゴーレムだ、きっと許してくれるだろう……大丈夫。

そういえば子らはすぐに隠れていなかったか？　ん？　すでに経験済み？　親玉とその子供らも、コア達も……。なるほど、それを教えておいてほしかった。

111. 仲間は守る！……ムカつく！

ん？　なんだか嫌な空気が流れているような気がする。様子を見て回るが異常は見当たらない。ドローン千里眼で結界内の異常を探すが問題はなさそうだ。だが、なんだか不快感がある。

ナナフシが慌てて走ってくる。走る時は六本の足を使うのか。さすがに人のようには無理なようだ……ちょこっと期待していたが、残念。ナナフシ達が慌てるということは木の魔物か。

見た目は変わらないが、なんだか苦しそうだ。それに魔力がそうとう乱れている、このままでは危ないのでは？　触って魔力を流すと少しはましになるが、それも気休めにしかなっていない。ん～どうしたのかな。ここに根を張るのが問題に？　だったら抜いて移動した方がいいかな。でも、木の魔物が選んだ場所だからな。何か意味があるかもしれないし。……もしかして土の中に何かあるのか？　たしか……土があわないとか、土の中の菌が悪さをして木を痛めてしまうとか。木に菌が入り込むとか……聞いたことがあるような……ないような。専門家ではないからな。とりあえず一つ一つ対処していこうか。えっと、まず外から菌に攻撃されていると考えると、どうしたらいいかな。まず攻撃されているから防御？　免疫力を高めるか。木の魔物自体の免疫力を俺の魔力で最大まで上げて。で、攻撃している元もどうにかしないとな。いや、菌とは限らないか、害虫の場合もある。その場合は、免疫力も大切だが根に穴が開けられている可能性もある。これは防御だな、防御力も最大まで上げるか。ん～……とりあえず、木の魔物にとって不要なモノを調べないとな。木の魔物から魔力を広げて広範囲、なるべく広く調べた方がいいな。害虫や菌って土の中を広く広がっていきそうだし。……敵以外が近くにいる場合は、影響を受けないように守るか。えっと、敵でない場合は防御っと……すでに影響を受けていた場合は異常修正かな。木の魔物が敵だと判断したものを隔離《かくり》……いや、燃やしてしまおう。日本で鳥インフルエンザの時も燃やして対処していた。燃やすのが一番なんだろう。完全に炭になるまで燃やしてしまおう。もしかして虫の巣や菌の塊などがある場合は完全に抹殺《まっさつ》。木の魔物に近づけないようにしてしまおう。すでに木の魔物の中に菌や害虫がいる場合は、これもとりあえず魔力で敵かどうかの判断。こいつの体内で燃やすことはできないな、殺して魔物の栄養にした方がいいか。魔力を通して敵だと判断したら粉砕で、吸収。水のように吸収できるのか？……吸収しても問題ないかな？　えっと、とりあえずやってみよう。

今のを頭でイメージの確認をしながら。

「広域チェック」

「フィルター」

「認定」

「免疫力最大、防御力最大」

上手くいったみたいだ。木の魔物の魔力が安定した。次は、

「敵外防御、異常修正」

「敵認定完全炎上」

「完全抹殺・抹消」

お、葉っぱが嬉しそうに揺れている。成功か。あとは、

「体内チェック」

「認定」

「敵粉砕・吸収」

吸収させてみたけど問題ない？　大丈夫？　お～でかくなった。びっくりした。大丈夫なのか？

本当？　よかった。ナナフシ達も喜んでいるな。

マジで焦った。それにしても何が原因なのかは分からないがムカつくな。仲間達もすごく心配そうにしていた。ナナフシが来てくれなかったら、俺は間に合わなかったかもしれない。正直、魔力

の乱れなんて見たことがなかったから、死んでしまうのではって泣きそうだった。

「はぁ」

原因が何か分からないが、

「くそったれ俺の仲間に手を出してんじゃね～！」

久々の大絶叫。溜めこむのはダメだからな。仲間達にあたるのもダメ。声に出して一気に発散。

一瞬体が光った気がしたが、気のせいだろう。

あ～よかった。ん？　急に叫んでごめんな、まじで怖かったから。もう大丈夫。心配してくれてありがとう。ナナフシも知らせてくれてありがとう、助かったよ。お手柄だな。木の魔物も名前つけようかな。ナナフシ達もな。

112. 水龍　ふわふわ。

―毛糸玉に羽のふわふわ視点―

森にとって世界樹は命と同じ。そんな存在がすぐそばにある。湖から顔を出すと、主の魔力に喜んでいる世界樹が見える。なんとも不思議な光景だ。かつては森の許しを得て、その姿を見ることも触れることもあった。だが、森の秩序が人によって崩され、知性のない魔物や魔獣が増える中、世界樹はその姿を隠した。それは森を守るためであり、我らを守るためでもあった。人は遥か昔から世界樹を手に入れようと、森に挑み続けてきた。それらの人を森から追い出し、時には殺して力を示し森の存在を誇示し続けたのが王達の存在。森には王達がいると、長い間にわたり人を遠ざけることに成功していた。森を尊重するエルフや共に生きていた獣人達が森に入ることはあったが、けして中心へと足を進めることはなく、古の教えに忠実であったため問題はなかった。それがある時を境に森全土を覆う魔眼に狂わされていく。その苦しみから我らを解放したのが主。そんな主に守られて強く根を張りだした世界樹。このまま、穏やかに時が過ぎることを願うが。

願った矢先に世界樹に異変が表れる。魔力が揺れ、苦しそうにもがいている。我ら王達が魔力を注いでもまるで効果がない。枯れ枝のように見えるトレント達が主を連れてきた。急いでくれ！ このままでは世界樹が！ 主のもとに集まった仲間達の表情はどれも苦しそうだ。俺も同じ。地上の異変を感じ取ったのか、地下の雪龍の不安げな魔力も感じる。主が魔力を世界樹に流す。一時は苦しさも半減するようだが、すぐに苦しみだしてしまう。何が起こっているのだ。まさか、また人が森に攻撃をしているのか！ 世界樹は森と一心同体の存在。今の世界樹はまだ生まれたばかりで森に攻撃が加わればすぐに影響が！ 世界樹の魔力がもう少し強ければ防御もできるが……。我の気を森に巡らせ異常を確かめる。森の入り口に人の気配をかすかに感じる。遠いため確実ではないが、そこから何か不快な気配が。風龍がいれば確かめようがあるが……我の力では微かにとらえられる程度だ。それにしてもまた人なのか！

主の魔力が徐々に研ぎ澄まされるのを感じる。その中にかすかに怒りを感じ取った。これは初めてのことで少し戸惑う。主はいつも穏やかに我々を守ってくれている。魔力に怒りを感じるのは初めてだ。研ぎ澄まされた魔力が増幅して、世界樹と主を包み込む。誰もが祈るように主を見つめる。信じているが敵もまた強大だと知っている。主に何かあれば……我の命を使ってでも主を助ける。主の魔力が今までにないほど膨れ上がっていく。その異常な状態に我は少したじろいでしまう。主を中心に、今まで感じたことが無いほど鋭い魔力が森全土を覆う気配を感じる。森を覆っている？そんなことができるのか？　この森は世界の半分にも及ぶ広大なもの。我らでも森全土を見ることはできない。微かにとらえられる程度だ。しかし、主だ、あり得るのか？　唖然として主をそして周りを見るが周りも俺とほぼ同じ反応。と言うことは仲間達も感じたようだ。

「主はすごいとは思っていたが……」

次の瞬間、世界樹の魔力が倍増する。違う、倍増どころではない。主の魔力を最大まで取り込んだ世界樹が、その姿を一気に変えていく。あまりのことに俺は呆然と世界樹を見ていることだけしかできない。……我だけではなかったが。見上げるほどに成長した世界樹は、以前の世界樹よりはるかに力がある。前の世界樹にも守りはあったが……今ほど強いモノではなかった。おそらく身を守るために主が世界樹に渡した力なのだろう。膨大な魔力を秘めた世界樹を見上げていると、主からものすごい魔力の流れを感じとる。慌てて主を見ると、魔力が恐ろしい程の怒気を纏い周りを威圧するかのように放たれた。魔力を含んだ魔法の言葉と共に。

全身から血の気が引いた。あれがどこに向かうのかは知らない。だが、どこに向かおうと被害は確実だ。初めて見た主の本当の怒り。それは森だけではなく世界に響いたことだろう。……ビビっている間に主はすでにもとに戻っている。と言うか、本当にあの魔力を放った人物なのかと思うほど普通だ。主が敵でなくて本当に良かった。

113. 第五騎士団団長 二。

―エンペラス国　第五騎士団　団長視点―

魔法陣の完成が目の前に迫る。森に入れば攻撃されると報告があったが、それもない。俺達の強さを見て逃げ出したか？　つまらんな。襲ってきたら遊んでやるのに。

魔獣がエサにしたゴミを襲おうとして我が団に返り討ちにあっている。まぁ強いのだろうが俺達の敵ではないな。襲ってくるのは俺達の国が放った魔獣かもしれないが問題にはならんだろう。恐れる方がどうかしている。……あのゴミはもう駄目だな。エサにした奴隷が痙攣《けいれん》している。もう少し役に立ちやがれ、ったく。他のエサを用意させないとな。

森が光出す。とうとう攻撃か！　きやがれ、返り討ちだ。

「来るぞ、姿を見せたらやれ！　ただし最後までとどめを刺さないようにな！」

どこからともなく笑い声が聞こえる。さぁ姿を見せやがれ。血祭りにしてやる。光があふれだし周りの景色がぼやけだす。視界が見えにくくなり苛立つ。

「隠れていないで、出てきやがれ！」

声に答えたわけではないだろうが、森を焼く魔法陣の場所から魔導師達の悲鳴が聞こえる。俺達ではなく魔導師を狙いやがったか。させるか。光の中、魔法陣が展開されている場所へと走る。見えた魔法陣から異様な黒い光が出ているのが確認できる。悲鳴をあげていた魔導師達を探すと……燃えていた。慌てて水魔法で火を止める……消えない！　部下も駆けつけ水魔法を何度も試すが全く効果がない。

「クソ！　どうなっている！」

魔法陣からも火が上がり魔法陣に近い場所に居た部下にもその火が燃え広がる。部下の叫び声が周りに響きわたる。慌てて魔法陣から距離をとるが、まるで炎が生きているように周りにいる部下に襲いかかっている。魔法陣から黒い光が空に向かって放たれる。次の瞬間には炎は消え去り、静寂が訪れる。魔導師達も部下も燃えカスすら残さず完全に消えていた。

呆然としていると結界を破るための魔法陣の場所からも悲鳴が聞こえる。最初と同様に魔導師達だろう叫び声。今度も同じかと部下に近づかないように指示を出す。ある程度離れた場所で立ち止まると……。

「なんだ……これは」

魔導師達と魔法陣を守る部下……だっただろう肉片があたりに散っている。魔法陣は青く光り大地に吸収されるように消えていく。それと同時にあたりに散った物も吸い込まれるように消えていった。大量に流れた血、それすらも消えていく。

「……」

誰一人声を出すものはいない。光は完全に消えて、光が表れる前の森に戻っている。……まるで何事もなかったかのように。

団を立て直そうと声を出そうとした瞬間。体が地面にたたきつけられる。口から肺の空気が押し出され、どこかを痛めたのか血も一緒に飛び散る。

全身にのしかかる恐ろしい怒りに満ちた魔力。指一本動かすことができない。微かに目を開くと目の前には副団長の姿。だが、口から大量に血を吐いてその姿は生きているようには見えない。叫び声すら出せないくるしさ。ゆっくりと体が押しつぶされる。呼吸もできず視界がかすれてくる。体の中から骨の砕ける音が聞こえた、その音が耳の中に響き渡る。大量の血が口から勝手にあふれる。かすれる視界の中に小さい足が見える。……意識が遠のく、何が起こったのだ……我々は王の……。

114. ある国の騎士　六。

―エンペラス国　第一騎士団　団長視点―

第五騎士団から順調との一報が入る。それに城全体の騎士達が喜びの声を上げている。静かな執務室。書類をめくる音だけが聞こえている空間。そこに入室を知らせる音が鳴った。部屋に入ってきたのは第四騎士団の団長である友人。そして俺の部下にあたる男。この二人もどこかほっとした顔をしている。

処理済みの書類をまとめる。書類はいつも通り各村からの要望などだ。最近では国民から不安の声も徐々に書類に入るようになってきた。各村の要職に在る者からの説明を求める声だ。空をかける得体のしれない光。最初は何も思わなくとも回を重ねるごとに不安をあおる。あの光は一日に何度か見かけるまでになっているのだ。それも仕方のないことだろう。説明ができれば問題ないが、まだあれが何かが分かっていない。魔石に影響を及ぼしていることは確認が取れたようだが、そこからが全くわからない。ひしひしと何かが壊れていっているような気がするな。

「団長、聞きましたか！」

「あぁ」

予定通り森への侵入を果たした。森に入っても光に襲われることなく中へ侵攻できている。俺としてはそれがどうしたと思うのだが。

「あまりうれしそうではないですね」

副団長は気に入らないらしい。

「第四騎士団もそこまでは問題がなかったはずだが」

「え、いや。俺達はこの時点で攻撃を」

「攻撃？　どんな？」

「え？……光に襲われて」

「……その攻撃で誰か死に、怪我をしたか？」

「……」

副団長が不満そうな顔をするが無視だ。友人も少し戸惑っているようだ。

「光に攻撃されたという、だが怪我人も死人もなし。ただ奴隷が逃げただけだ」

「それは……」

「被害はない、あれはおそらく警告だ」

本当の強者だけが持つ余裕の表れ。警告できるだけ余裕があるということだろうからな。必死であればすぐに攻撃してくるはず。虚勢《きょせい》を張るということもあるが……おそらく違う、本当の意味での強者からの警告だ。

「しかし団長、第五だったら」

「警告の次はなんだ？」

「え？……警告……攻撃」

「そうだ、攻撃に転じるきっかけをこの国は与えた」

今まで森からの攻撃で死者は出てはいない。記憶のない魔導師は国に殺されたのであって森ではない。そう、森はまだ誰も殺してはいない。逃げた奴隷達がどうなったかは分からないが。では、今回第五騎士団が森へ侵入し攻撃をしたとする。森はどう反応する？

「完全に敵と認識するだろう。そして警告はすでに済んでいるならば次は攻撃だ」

友人と副団長が息をのむ。第五騎士団は森へ侵入できた。たったそれだけだ。敵がどんな存在でどれほどの力を持っているのか全く分かっていない現状。そんな状態で森に入れたからなんだと言うのだ。ただ、闇雲《やみくも》に森の怒りを買うだけだ。

「しかし、森は抑え込まないと……」

副団長は全く分かっていない。底がしれない敵を相手にしているということを。刃向ってはいけない相手がこの世にいるという現実を認めるのは騎士である以上難しい。だが団長や副団長は団員を導く役目もある。無駄死にだけはさせないために。

「副団長！！！」

副団長を呼んだ直後、全身に重い何かがのしかかる。部屋全体、いや建物がぎしぎしと音を立てているようだ。声が出ない。顔を上げることもできず、座っていた机にたたきつけられるようだ。体が悲鳴を上げる。恐ろしい何かに上から無理やり押さえつけられているような状態。姿が見えない、おそらく威圧。自分の体の中がつぶされる錯覚を見る。いや、錯覚ではないこのままの状態だと……。

「はっはッはッは」

短く呼吸を繰り返す。威圧は一瞬で消えた。悲鳴を上げる体を起こして友人と副団長がいた方に視線を向ける。副団長は腕がおかしな状態に曲がっている。生きてはいるようだが意識がない。友人はなんとか意識があるが俺と似たような状態だ。

世界の王の怒りがとうとう森を超えてしまった。

115. ある国の魔導師　三。

―エンペラス国　上位魔導師視点―

第五騎士団が森へ侵攻したようだ。報告では問題なく森の中へ入りこめているようで安心した。今回は多くの魔導師達が追随《ついずい》している。無事に戻ってきてほしい。

目の前の書類に目を通す。これまでの魔石についての重要な書類。探すのは失われた力を奴隷以外で補う方法、力を補えばヒビは修復できると判断された。だが、読めば読むほど気が滅入る。これほどの罪を犯してきたのかと突き付けられているようだ。……重ねた罪の情報しか載っていない。

城が震えたと感じた瞬間、大量の書類に頭をたたきつけられる。頭が痛い、体が上から押しつぶされる恐怖を感じる。何が起きたのか……ただ体がつぶされるようにきしむ音が聞こえる。まだ……。死にたくない！　うっすらと目をあけると文字が目に入る。奴隷による魔石強化の報告書。魔石強化には奴隷の数が足りないというものだ。その報告書を王に渡したのち王は奴隷同士に子を作らせだした。感情を封じられていても涙を流す奴隷がいたと聞いている。その報告書を出したのは私だ。

「許してくれ」

音となることはなかったがただ祈り続けた。不意に息苦しかった呼吸が戻る。全身で呼吸を繰り返し、なんとか周りの状態を確認する。部下の魔導師達が倒れている。数名は怪我をしているのが分かる。救助をしたいが動けない。攻撃が止んだにも拘らず恐怖が体の動きを阻害する。ふらつく体をなんとか立て直し倒れている部下のもとへ。気を失ってはいるが死んではいないようでホッとする。床にゆっくり座り体から力を抜く。ゆっくり息を吐き出すと体が震えだす。恐ろしい程の恐怖と絶望。涙があふれる。ふと思い出す。あぁ、あの少女はこんな感情に震えながら私を最後まで睨んでいたのか。それを私は殴りつけて……。私の犯した罪は……そばにある書類が証明している。あの少女が言ったように「許されない」のだ。

静まりかえっていた城から徐々に声が聞こえ出す。それは叫び声や悲鳴、走る音や怒鳴る声。ただ、呆然と音を聞いていると、部屋に誰かが入ってくる音がする。視線を向けると魔導師長の姿が見えた。魔導師長の顔は真っ青になり体も震えているように見える。

「王に異変が起きた」

その一言が重くのしかかるが一つ深呼吸をして体を動かす。鈍く動く体がまるで他人の体のようだ。それでも急いで王のもとへ。魔導師長が寝室へ入る姿に少し驚いた、王はけして他人を寝室に入れないからだ。信用している娘と孫娘以外は。いや、信用はしていないか。その娘と孫娘にも奴隷紋が刻まれているのだから。

寝室に入ると王の怒鳴り声と悲鳴が。その姿に愕然《がくぜん》とする。左腕がひじのあたりから先がない。

強化された体……あぁ違う、すでに王の血は流れている。剣の強化魔法の失敗の時に。ならばこの結果も考えられる。だが、王はけして認めないだろうその姿を。先ほどとは違う絶望を感じた。

王の左腕は元に戻ることはなかった。最強の魔導師達が魔力を注いでもまるで穴の開いた桶に水を入れている状態。王の体自体に異変が起こっているのだ。どれほど魔力を注いでも意味はない。

『王は怒り狂うが、どうすることもできない』

魔導師長含め四人すべての魔導師達は原因には気が付いている。王の腕がどうして修復しないのか。そしておそらく二度と修復しないことも。だが、それを口にはできない。自分の死だけでなく周りも死を宣告されるだろう。その数がどれほどになるか。王の寝室から出るとため息がこぼれる。王の体は魔石によって強化されていた。おそらく元の魔石であるなら王の体に傷がつくことはなかったはずだ。だが今の魔石は王の体を強化するほどの力はない。まして切り落とされた腕の修復など……。いや、ヒビが入る前の魔石に戻せばそれも可能だろう。だが、その戻す方法がないのだからどちらにしろ不可能だ。

魔石のヒビ修復の時に気が付いていれば……。あの時、そうあの時だ！　まだ小さいヒビを修復するために魔石のもとに集められた奴隷。その奴隷を見て、なぜ私は何も感じなかったのか。……怯えていたのだ、心を封じられたはずの奴隷が！　すでにあの時から魔石は……。何もかも気づくのが遅すぎた。遅すぎたのだ。

―エンペラス国　王様視点―


「ヴぁぁぁぁ～」

痛い！　痛い！　なんだ？　なぜ我が床に叩きつけられている？　我はこの世界で最も尊い存在。その我に誰が攻撃を？　第五騎士団は成功していると報告を受けている。奴らは我の言葉をけして疎《おろそ》かにはしない。だから大丈夫。なのになぜ？

「そ、そんな！　王様の腕が！」

近くで叫ぶ声が鬱陶《うっとう》しい。それに我の腕がどうした？　起き上がろうと両手を床につけようとすると体が傾く。なんだ？　痛い！　痛みを訴える部分を見るとあるはずの物がない。そんなことは起こるはずはない。けして起こるわけないのだ。なぜなら我の体が魔石で強化され、何人にも傷つけられない体に……。

「腕が……あぁ……」

なぜ我の腕が無くなっている？　近くにある潰れた肉の塊はなんだ？　誰が我を攻撃した？　誰が我の守りを破った？　なぜ？　なぜ？

「魔導師長を早く！　王様、落ち着いてください」

落ち着けだと？　我を攻撃したものがこの世界にいるのに？　何を呑気に屑が！　近くに落ちていた何かを掴むと、傍により腕に布を巻き付けていた男に振り落とす。

「キャー！」

「王様、どうか気をお鎮《しず》めに」

「煩い！　我の腕を治せ！　早くしろ！」

どいつもこいつも使えない。だが、第五騎士団が森を焼けばすべてが終わる。そうだ手に入れるなどと考えず、すべてを燃やせばよかったのだ。我にも失敗はある、だがそれももう終わりだ。

116. 日常？

朝の見回り。昨日の木の魔物、命名――木霊《エコ》のことがあり心配したが問題ないみたいだ。マシュマロ達も雪のアメーバもいつも通り。雪遊びはしないって！　今日はいつもより激しかった。なぜだ！

次に川の確認。なぜか不思議な踊りを延々見続ける羽目に。なんだろう、嫌がらせではないみたいなので止められない。……え、まだあるの？　ごめん、もう終わってほしい。ありがとう、……楽しかった……ような。雪で濡れた服も川辺で自然乾燥。そんなに長く居たのか、あそこに……。

畑を見ながら作物を一応チェック。農業隊は今日も頑張ってくれているようでうれしい。畑のアメーバも頑張って……え！　踊るの？　え、もう水のアメーバが見せてくれたから。遠慮……すでに始まっている！　なぜだ！　頑張って終わるまで見た。本当にもういいので。

果実の森を見回ると、ここでもさっきの畑とは違う畑のアメーバの踊り。……えっと、ありがとう。もう、諦めた。ただし、一番だけでお願いします。……止めなかったらどこまで続くのか、いや、今ので充分、本当に充分だから！　果実の森にも異常はなし。コア達も今日は朝から狩りに……………大猟だね。ちょっと多くないかな。子鬼達が頑張ってくれているけど、まだあるの？　あぁアイ達も頑張ってくれているんだ。子供達もか……どうしたんだろう。えっと、もうそろそろ狩りはやめようか。子鬼達が獲物に囲まれて見えなくなっているから。うん、ありがとう。

「なんだ？」

空の上からいきなり影が！　びっくりすると……え、なにこの巨大な魚。ふわふわか、え！　飛びトカゲも一緒に？　そう……えっと頑張ったんだね。ありがとう。あ、一つ目と三つ目が応援に来た。頑張って……ん？　ふわふわ、待った！　どこに行く？　魚？……あ～今日はもう釣りはいいよ。もう充分。本当に、充分。目の前には一〇メートルぐらいある魚。充分すぎるから。

エコと三匹のナナフシの湖へようやくこられた。今日は皆がちょっとテンションがおかしい。お酒を飲んだのか？　と疑ってしまったが。お酒は一つ目が守っているからおそらく大丈夫なはず。……何もなくあのテンション？　それはそれで怖いな。ナナフシにも名前を付けたかったが諦めた。どこからどう見ても三匹は全く同じ。見分けがつかない。……つけなくて正解だったようだ。ミニのナナフシがえっと……いっぱい増えている。そして強大になったエコ。木の魔物もここまで成長するんだな～っとちょっと感心。ナナフシ達にも問題なし。昨日のことがあるから心配したが大丈夫なようだ。菌も害虫もなんとかなったらしい。見えない菌とか気を付けないとな。

「ん？　くれるのか？」

ナナフシから不思議な実をもらった。薄い膜のようなものに包まれた黄金色の何か。どうしたらいいか迷っていたらコアが来てくれた。とりあえずナナフシ達ありがとう。

器の中の実。コアがフォークを持ってきた。潰すのか？　そうか。潰してみるとあたりに広がる香ばしい香り。メープルシロップのような香りに似ている。ちょっとなめてみると……メープルシロップだ。お〜、いいモノもらった。卵が欲しいな。パンケーキには卵がないとな。……探すか。

それにしても今日は皆が異常なテンションだったな。昨日のエコが影響しているのか？　問題はないみたいだが。

117．森の変化……子蜘蛛の成長。

ここ数日のおかしかったテンションもようやく落ち着いた。結果……山のように積まれた解体された獲物。ここ数日だけで一つの保存部屋が埋まった。子鬼達がやりきったと満足そうだ。ご苦労様です。

水のアメーバと畑のアメーバの合体踊り。いつの間にか混ざっていた。もう大満足です、本当に。徐々に時間を延ばそうとしないようにお願いしたい。

日常に戻って良かった。本当に良かった……あ、今日お酒の解禁日だ。……あと一日！　おかしなテンションでお酒を飲むと、いつもより手が付けられなくなる。……いや、知ったところで俺にどうしろと。止められないから！　無理だから！　被害にあったリス達の視線が……痛いです。俺にはあれを止めるのは無理だから。

ナナフシがアメーバの真似をしてなのか、ある日の朝から踊りを披露してくれた。木がくねくね……呪いですか？　あ、いえ、わざわざありがとう。


洞窟探検をリベンジ。広い洞窟だったので朝から挑戦しようと森を疾走……なんだか森が違う。数日前から森全体を覆う魔力が変わったような気がする。魔力にはいろいろと種類というか個別に違うようで森にも森独特の魔力があった。それがゆっくりとだが確実に変わってきている。ちょうど、仲間のテンションがアップしたころから。これがうれしくてテンションが上がったのなら、いいことなのだろう。そう思うが、俺だけ分からずちょっと……いや、悔しくも悲しくもないからな！

森を走って違いに気が付いた。以前の魔力はどこか刺々しい印象を受けたが今は包み込むように優しい。ここまで変わるには何か大きなことがあってもいいと思うのだが。……森は広いからな、どこかで何かいいことが起こったのだろう。近かったら俺も気が付いたのに。気になったので結界まで行ってみる。驚いた。以前、結界の外はまだ影が濃く呪いの影響が強かった。その影が薄くなってきている。あれ程、苦労させられた呪いが消えかけている？　呪いの影響が薄くなったら森の魔力が変わったのか、なるほど。

ハハハ、満足、洞窟を探検しよう。

本当に広い。どこまで走ってみてもまだまだ続く洞窟。何かあるのかと期待したが……巨大な道が続くだけ。もしかしてずっと道だけが続いているとかだったらどうしようか。本気でこのまま突き進むのか迷うような洞窟。途中でお昼休憩をしてまた再開。正直、俺が飽きてきた。ん～お！　道が二つに！　ちょっとした変化にワクワクする。ただ道が二つに増えただけだが、変化がうれしい。どちらに行こうかと迷う。……何か発見したい！　ここまで来て、ただ道が続いていただけとか……泣ける。本気で何か発見したい！　とりあえず今日のお供の親玉さんに丸投げ。どっち？

……子蜘蛛がとうとう親玉さんサイズに成長していた。朝の見回りの時にわざわざ親玉さんが紹介してくれた。……戸惑ったが、仲間の成長はうれしい。そしてこの親玉さん、羽がなくなってなぜか真っ黒なはずのボディに白い線のデザインが。突然変異と言うものだろうか？　健康に影響はないようなので、問題なし。森の移動の時に気が付いたが、この親玉さん糸の操り方がものすごく巧い。進化しているようだ。で、どっち？　親玉さんを先頭に洞窟の道を突き進む。ハハハ、何もないな。目の前は行き止まり。親玉さんも何気に落ち込んでいるようだ。大丈夫、気にしないでいいから。今日は帰ろうか。気を取り直してまた来よう。……アメーバ。洞窟の道が分かれたところにアメーバがいる。魔力を探知してみたがどうやら家にいるアメーバとは違うようだ。さて、どうしたらいいのか。困って立ち止まっていたらアメーバと目があった。……ような気がする。アメーバの目は小さい、でもなんとなく分かるんだよな。最近はその見えない目でいろいろと訴えられる。特に踊りをやめさせようとした時の訴えるような目。あれはつらい、だが踊りもつらい……長いんだとても。見るから踊りの時間を短くしてほしいとお願いしたが、通じたと信じたい。

118. コアとチャイの子供。

―コアとチャイの間に生まれた子供視点―

森を母様と父様と駆け回り獲物をしとめる。まだ一人では無理だけど、姉妹だけでキラーボボを仕留められるようになった。キラーボボは森の中でも強い獲物。これを一人で仕留められるようになるのが目標だ。

母様と父様は……うん、瞬殺って見ている方も気持ちがいいよね。目標は父様を超えること！母様は父様を追い越した後！　まだまだ頑張る。

獲物を住処まで運ぶとゴーレム達がすぐに解体をしてくれる。ものすごい早さなのであっという間。……すごいな～。そのまま食べても問題はないのでお昼などは狩った小さめの獲物を食べる。正直……ゴーレムも一緒に狩りに来てほしいなって思うぐらいには味が違う。美味しいけどね。一緒に生まれた姉妹達も同じ意見みたい。だから住処でのご飯がすごく楽しみ。

今日は主様がいるみたいだ。母様と父様が尊敬してやまないすごい人。人間なんだよね。でも、ふわふわさんや飛びトカゲさん、マシュマロさんも尊敬するそんな方が人なんだろうか？　これは他の種の子供達の疑問でもある。一度、父様に聞いたことがある。一緒に親玉さんが居たのだけれど、それについては父様も親玉さんも分からないらしい。

主様の魔力は不思議だ。俺達子供はまだ魔力をしっかりと見分けることはできない。できるのは同じ種か違う種かどうかの魔力の比較だ。でも主様の魔力だけはこの住処にいるどの魔力とも違う。やっぱり人間だからなのかと思っていたが、どうやらそれも違うらしい。母様が教えてくれたのだが、主様の魔力はいろいろと混ざりあっていると。主様からは、人の魔力を探し出すことができる。だがほかの種の魔力を探すと、これもまたあるらしい。だから主様は人の姿をしているが、種族は不明だと。そんなことがあっていいのかなって思ったけれど、母様達森の王やシュリさん達の様子を見ていると、あまり気にしていないみたい。主様が主様であるから尊敬しているって感じだ。言われてみれば、俺達も主様がどの種だとか関係ないな。ただ、ただ、すごい人だという認識だから。

特訓をしようとする母様と龍さん達だけでなく親玉さんもやる気をみなぎらせて広場に集まる。え、何が？　あぁ主様が今日はお昼から仕事の手を止めて見てくれているんだ。だからと言って母様、それは俺達にはまだ早すぎます。本気で逃げれば大丈夫？　いや、そういう問題ではないです。親玉さん、それ当たったら死にますから。逃げろ？　逃げられないように攻撃してきて逃げろって鬼ですか！　父様が止めてくれてよかった。特訓は母様とはしないと心に誓ったんだけど、どうして広場に母様がいるのかな？


森を駆け回る。森に流れている主様の魔力を全身で感じる。とても気持ちがいい。

数日前にあった世界樹への攻撃。住処に世界樹が根を張った時、龍さん達は俺達に世界樹の重要性を教えてくれた。だから目の前で世界樹が苦しんでいるのを見て、世界樹が死んでしまうと全身が震えた。今思い出しても震える。姉妹達と身を寄せていても立っていることができず、座り込んでぶるぶる震えていた。母様達は気丈に見えたが、顔は強張り異常事態だということがひしひしと伝わってきた。主様が駆けつけてくれた時、ホッとしたのと同時に主様……でも……という思いで頭がぐちゃぐちゃ。泣きそうというか泣いていた。あの異常な中においても主様は、冷静に周りの俺達に視線を向けて大丈夫と頷いてくれた。それからは防御と攻撃と威圧で圧勝。余りの魔力量と速さにただ呆然と眺めているだけだった。それに、初めて感じた主様の怒りをまとった魔力。俺に向けられたわけではないけれど……恐ろしいと感じた。あれが誰かに向かっていると思うと敵だけど……敵か、だったら問題ないな。怒りも威圧も一瞬。すぐにいつもの主様に戻っていた。主様にとって今の攻撃で使用した魔力が一気に減っても、まったく影響がないみたいだ。その日の夜、森の王すべての魔力を合わせても主様の魔力には及ばないと母様に教えられた。そうなのか……すごいな。子供達だけが集まった時、どこまでも主様について行こうと確認をした。これから頑張ってどんどん強くなろうとも。

どこで話を聞いたのか特訓が厳しくなった。母様、少しは俺達に優しさを！

119. コアとチャイの子供　二。

―コアとチャイの間に生まれた子供視点―


森が変わった。森の中を走る風が以前は少し不快なものも交じっていたが今は全くそれを感じない。逆に優しく包み込むような魔力を感じる風になった。

龍さん達が教えてくれた。世界樹が主様の魔力を多く取り入れたことで世界樹そのものが進化をした可能性があると。今までにないことだから見守る必要があると。大変なことのはずなのに龍さん達はどこか嬉しそうに世界樹を見つめていた。世界樹と一番かかわりの深かったのは龍さん達だと父様が言っていた。だからこそ今の世界樹の生き生きした姿がうれしいのかもしれない。

世界樹の進化と同時に森を覆っていた魔眼の力が目に見えて減少してきた。森に狩りに行くと魔眼の黒い力が消えている場所を見ることができる。今までは主様の結界の外は真っ黒で不気味だった。母様も父様もけして結界の外には出るなって。アイさん達やシュリさんもとても苦しそうな顔をする。とても嫌なことがあったみたい。

シュリさんは嫌なことはあったがそれのおかげで主様と出会えたと言っていた。だから嫌なことだけではないと。

人の王が森を支配するために魔眼を使って森を侵略していると教えてもらった。魔眼が弱くなっているということは人の王に何かあったのかな。そのまま消えてくれたら森の魔眼は全部消えるかな。だったら消えてほしいな。主様が大切にしている仲間。俺達もその仲間に入っているのがうれしい。その仲間を苦しめる者は全部いなくなってほしいな。仲間が苦しんでいたら主様が悲しむから。父様に言ったら優しく舐めてくれた。うれしいな。

姉妹だけで森を走りまわる。キラーボボを姉妹だけで捕まえる。いつもは母様と父様が一緒、もしくはほかの種の大人が一緒。でも、今日は姉妹だけ。そして狙いは私達が今、狩れる最大の敵、キラーボボ。いつものような背中の安心感はない。緊張している、けど大丈夫。姉妹を信じる、私の力も信じる。ちょっとヒヤッとしたけれど狩れた。キラーボボだ。うれしい。姉妹みんなで大盛り上がり。森の中ではだめだけれど、興奮が抑えられない。母様みたいに空中に浮かす魔法。まだ私だけでは不安定なので姉妹で力を合わせて。ふ〜、あとは帰るだけ。

「ねぇ、声が聞こえない？」

姉妹の言葉に私達全員が耳を澄ませる。ん、とくには……あ！　たしかに声だ、微かに声が聞こえる。私達は声のもとを探るために身を隠しながら近づく。どうやら声が聞こえたのは結界の外。敵？　罠？　父様は人は非道なことでもなんでもする、だから気を付けよと。……罠の可能性があるのかな？　でも、この場所は森の中心部……。声だけを聞くと今にも死にそうなほど弱い。どうしようかと姉妹で顔を見合わせる。

声が小さくなった。……死ぬのか？　ん～見てくると走り出す。慌てて姉妹が全員で付いて来ようとするのを止める。結界の外に出るのでまずは私だけ。何かあったら、もしくは帰ってこなかったら母様と父様に。叫びながら声の聞こえた方向へ。声を頼りに隠れながら近づく。いた！　周りを確認してほかに気配がないかを探る。まだ、魔眼の力が残っているので少し探りにくい。魔眼に対応するのは初めてのことで少し戸惑う。正直、魔眼の影響が怖い。でも、今日は主様が強力な結界を張ってくれている。だから大丈夫！　恐怖にぐっと耐える。目に見えるモノ以外ほかにはいないことを確認できた。そうとう強いモノだと隠れることもできるが……覚悟を決めて姿を見せる。あ……えっと、どうしよう。私の姿を見た瞬間に死んだ？……あれ？　生きている？

120. まさか……一つ目は進化します！

……迷っている間にアメーバは行ってしまった、残念。新しいアメーバに興味はあったが、追いかけるのはかわいそうか。また、逢えたらその時は声をかけよう。

日本だったらアメーバに声をかけているだけでいろいろと疑われそうだよな。いや、その前にあんなでかいアメーバはいないか。……アメーバではないような気もするが、見た目アメーバ。アメーバ達も嫌がっていないからいいか。

森を走るのも慣れたな。ようやく躓《つまず》かなくなった、さすが私！　一年かかったとか気にしない、気にしない。

ん？　なんだろう。仲間が勢ぞろいしている。あ、子供達も帰ってきているみたいだ、よかった。朝から、コアとチャイの子供達のテンションが高めで不安だったんだよな。森に行くっていうから少しだけ強固な結界を張っておいたけれど。怪我もなく帰ってきたみたいだ。お、子鬼達が解体している巨大なイノシシ、今日のはでかいな。コアかな？　とりあえず仲間達のもとへ。

「どうした？」

え……えぇ～。叫びそうになったが我慢した。ものすごく我慢した。目の前には……人……ではないか。耳と尻尾がある。何だっけ？　たしか妹から聞いたことがあるような。何だったかな？……そうだ、獣人だ！　そうそう、間違いない……はずだ。……コスプレってことはないよな？異世界でコスプレ……ないな。で、どうしたの？　不安そうにこちらを見ているのはコアの子供達。魔法で円を作りその外側を示す。……結界の外！　大丈夫か心配して子供達をもう一度調べる。怪我もなし、呪いもなし、問題なし……よかった。結界がうまく働いてくれたのか？　もっと強めの結界を張っておけばよかった。結界の外と聞いて慌ててしまった。まだ外には呪いがあふれているからな。少し薄くなっていても呪いは怖い。大丈夫ならば問題ない。で、結界の外から連れてきてしまったのか？　どうやらそうらしい。……誘拐？　伝わらない、えっと大丈夫？　問題なし……伝わったのかな？　獣人に視線を向ける。二人の幼い……犬の耳のようだから犬の獣人？　耳の形が二人とも違うな。可愛いが……異様にビビられているようだが。どうしよう。

「ｓｖ◇ｓ□＄！」

「……まじか」

上がっていたテンションがハンマーで叩きつけられて地面にめり込んだ……白昼夢を見た。……落ち着け！　忘れていたわけではないさ。ここが異世界だって。と言うか、歓喜から悲観へのリターンが早すぎる。もう少し夢を見ていたかった。……やばい、本気で凹んだ。

ん？　いやいや、お前達は悪くない。問題ないよ。俺の心情的な問題だから。ただ、重要なことに思い至らなかっただけ。言葉が日本語なわけないってな！　ああぁ～～～～～～～。そうだ、人を探すのはいいが言葉をどうする気だったんだ。完全に考えていなかった。人もしくは話せる相手がいたら話が通じると思っていた。世の中は甘くないね～。

すーはーすーはー……よし！　落ち着いた。

さて、話ができないとなるとどうしようかな。もう一度、子供の獣人を見る。怪我をしているようだ、それにものすごく痩《や》せている。……いや、痩せすぎだろう。

「ヒール」

とりあえず怪我を治そう。……呪いの影響もあるのかもしれないな。

「浄化、状態異常無効」

あれ？　二人とも一瞬背中が光ったけれど大きな怪我でもあったのか？　まぁ、お風呂に入った時に確認しよう。あとは……。いろいろ考えて行動しているとギュッと手が握られた。視線を向けると驚いた子供二人の顔。……あ～説明もなしにいろいろしたからな。驚くのは当たり前か。でもな～言葉が通じないし。

「ごめんよ、言葉がどうやら通じないみたいだ」

二人の不思議そうな顔。……可愛いな。甥っ子より少し小さいぐらいかな。にしても痩せ具合が気になる。とりあえず、夕飯の時間だからご飯にしよう。

ちらっと後ろを確認すると一つ目達がバーベキューのセットを用意している。野菜も切ってあるし、パンもある。ちなみにお肉には隠し包丁が入れてあったり、お肉の壺漬も……。一つ目達の進化の方向が……。たしかに最近は家具など作るものがないからな。

え？　二人の子供は一つ目を見て悲鳴をあげたんだが……可愛いぞ。

121. 子供達はしっかり者……収穫だ！

お腹に衝撃が走る。うっと思いながら目を覚ますと目の前には一つ目。以前は起きるまで起こされなかったのだが、最近は腹に一発決められる。行動の理由は獣人の子供達が起きてきたことを知らせるためだ。この起こし方、妹にそっくり。起こし方を変えてくれるようにお願いした……なのにいまだに続いている。……無情だ。

一階のリビングへ。獣人の子供達はすでに起きているが部屋の片隅の椅子に座っている。コア達や親玉さんをちょっと怖がっているようだ。シュリへの反応が一番でかいが。俺には少しだが慣れたようだ。

それよりもこの子達の親御さんを探したい。ジェスチャーで何度か挑戦したが伝わらず、申し訳なさそうな顔をされる。あんな顔をさせたいわけではない。俺がこの世界の言語をしゃべれないために本当に申し訳ない気持ちになる。ただ、どうもこの二人の子供は家に帰りたそうにしないことが気になる。普通なら知らない俺より知っている人がいる場所に帰りたがるだろう。まさか親に捨てられたなんて……あるのかな。日本でもいろいろな理由で親が育てられない場合の預ける場所があった。世界に目を向ければもっといろいろな問題があった。異世界でも……親御さん探しは慎重にした方がいいかもしれないな。

「おはよう」

「お、はよ、う」

二人ともずいぶんとしっかりとしている。言葉を教えてもらおうと思ったが子供達の方が日本語を覚えた。まぁ簡単なあいさつぐらいなのだが。俺は……聞いたが聞き取れなかった。すごいな～子供は。

「朝ごはん、食べよう」

ここ数日で覚えてくれたのは、おはよう、おやすみ、朝ごはん、昼ごはん、夕飯、食べる、お風呂、駄目。生きていくのに大切な言葉からだな。いや、俺が覚えないと駄目なんだが……。今のところ俺には全く進歩がない、諦めないがくじけそうだ。二人はちょっとうれしそうに俺のもとに駆け寄る。俺が何かを言わないと行動をしない二人。ちょっと疑問を感じるが緊張しているのかもしれないから気長に待つ予定。

初日のことを思えば進歩だ。何をしても大泣きされて困ったからなあの日は。泣かれるのは苦手なんだ。甥っ子が泣くと俺の方がパニックになって周りに笑われたっけ。姉が腹を抱えて大笑いしていたな。自分の子供が泣いている隣で大笑い。……母は強しってことなんだろうか？　そういえば岩人形には異様に怖がるな二人とも。可愛いと思うのだが感性の違いか……俺がおかしい？　いや、そんなはずは。日本の妖怪は異世界では怖いのだろうか。まぁ確かに一つ目って目が一つか……怖いか。今さら作り替えるのも……慣れてほしい。

今日の朝食はパンとスープ。おかわりもあるからあわてて食べなくても大丈夫。ゆっくり食べろ。この辺りはジェスチャーでも伝わる。数日頑張れば。

ん？　農業隊が朝から俺に会いに来るのは珍しい。外？　引っ張る……あ、収穫か！　頑張らせていただきます。子供達は……手伝ってもらおう。痩せているから心配だが、一つ目は怖がるからリスに一緒に居てもらおうかな。よろしくと机の上のリスにお願いする。伝わったみたいだ。子供達のもとに近づく。リスなら大丈夫と。よかった。


さて、広大な畑の収穫！　これは冬の間の食料にもなるのでかなり重要。前の冬は数日、外に出られなかったからな。頑張ろう。子供達は無理をしないように。

……広いよな～。収穫しても収穫してもまだまだ広がる畑。必要だと思うから頑張るが……腰が！　子供達も頑張ってくれている。あれ？　近くに一つ目がいるが、大丈夫なのか？　慣れてくれたのかな？　まぁ問題はなさそうだな。手が止まっていると、農業隊に睨まれる。ごめんって。頑張るからこれだけで追い出さないで。本気で頑張ろう。小麦すごいな……前回の一〇倍、いやもっとか？　農業隊の農業の知識ってすごいことになっている気がする。

ブドウまで収穫して終了。ワイン造りはすでに一つ目が始めているのか、シュリが参加……追い出されたな。諦めろ岩人形はどの子もプロフェッショナルだ、邪魔をすると本気でやられる。前回より収穫に時間がかかった。果実の森の空いていた部分が全部埋まっていたり、新しい野菜があったりと農業隊が日々頑張ってくれた結果だ。保存部屋すべてに埋まった食材を見て冬に向けて準備完了。

……朝のお試し食いを頑張ったかいがある。一週間連続だった時はさすがにやめるように頭を下げたが。あの一週間、ほとんどダメ食材でつらかった。苦い、しびれるのはまだなんとか耐えた。食べる量も少量だったから耐えられた。が、なんとも言えないモノが少量でも口に広がった時は……。

「うっ」

思い出さないほうがいいこともある。

122. 獣人の子供達。

―奴隷だった獣人の子供視点―

怖い大人にいつも言われてきた。国のために役に立てと、生きていることを王に感謝しろと。それは王の慈悲なのだからと。何を言われているのか分からなかった。感謝？　なぜか殴られて蹴られて、痛いけど声を出すことはできない。声を出そうとしても出ないから。殴っても表情が変わらないから気持ち悪いって言われた。それでまた殴られた、表情って？　体からすごい音がした、でも獣人だから丈夫だろうって。足ですごく痛いところを踏まれた。全身に走る激痛にも、声は出なくて。体を小さくしてすごく我慢した。感謝ってなんだろう？

少し周りのことが分かるようになった。自分が奴隷で周りの子達も奴隷だと。声が出ないのは封じられているから。表情というものも奴隷には必要ないらしい。でも、目だけは少しだけ表情があることに気が付いた。なんとなくそれがうれしかった。でも表情のある目を持った子はどんどん少なくなっていって周りから居なくなった。悲しかった。

貴族って人が何度か来た。その人達が来ると部屋から奴隷が引きずり出される。その人達は殴ることはしない。蹴ることはあるけど、一番多いのは銀色に光るもので奴隷を殺すこと。試し斬りって言っていた。貴族が殺した奴隷はなぜか部屋に戻される。掃除の日は決まっているからだって言っていた。

少しずつ自分が分からなくなってきた。でも、なぜか殴られる回数が減った。俺達を殴る嫌な奴が怯えた顔をしているのを見た。空から音が降り注いで、光が空を走るのを見た。

空から音が落ちた時はびっくりした。でもそれよりも声が出たことに驚いた。それはびっくりした小さい悲鳴だったけれど。生まれて初めての声。周りを確認すると他にも数人いるようだった。なんとなくそんな子達だけで集まっていた。何が起こっているのだろう。分からないから怖い。

怖い顔をしていない人が来た。その人は俺達を見回して帰っていった。次の日に大人の奴隷が二人来た。その大人は話すことができていろいろと教えてくれた。この国のこと、森のこと、魔物や魔獣のこと、奴隷のこと。初めてのことで難しくて、でも覚えられるだけ覚えろって言われて頑張った。頑張っていると、このまえの怖い顔ではない人が来た。今度はすぐに俺達に近づくと「機会が来たら逃げろ」と言った。答えを聞くことなくすぐに部屋から出ていった。何かが起こるのだろうか、怖い。

急に部屋から出され、狭い檻《おり》の中に入れられて移動が始まる。一緒にいた子達とは離れてしまった。何が起こるのか、怖くて怖くて。震えてギュッと小さくなっていた。その手を誰かが握ってくる。目の前には見たこともない子。でも、目を見て分かった、感情があると。声は出さない、感情を見せない。ただただ手だけ握って小さくなる。

檻が開けられていきなり引っ張りあげられる。驚いて声を出しそうになり、なんとか耐える。ばれたらダメ！　引きずられて森の中に入る。森！　驚いた、話に聞いていたから。そこからは今まで以上の地獄だった。全身が悲鳴をあげている。目の前には恐ろしい魔物が何匹もいて。自分を食べようとしているのか。爪を立てられ転がされる。ここで死ぬのだと、ギュッと目を閉じる。魔物が牙を突き刺そうとしたら、遠くで見ていた奴らが魔物を殺す。何度も同じことが繰り返される。

意識がふっと遠くなる。体がなぜかぶるぶると大きく震えているような……分からない。視線を彷徨わせると手を握ってくれたあの子がいる。次はあの子なの？　逃げて……。

何か光が見えたような気がした。何かは分からない。ただ、体が温かい何かに包まれた。すごく気持ちがいい。背中もぽかぽかしている。背中には大きな模様がある、それが痛くて痛くて。大人の人は奴隷紋だって言っていた。その背中から痛みが引いていく。

顔に水がかかる。目を開けるとあの子がいる。びっくりして周りを見ると怖い大人がいっぱい倒れている。手を差し出されたので、ギュッと握って立ち上がる。どうしようか。

「逃げよう」

これが教えてもらった機会なのか。逃げろって言っていた、なら逃げないと。他にも逃げられる子がいるならと檻のもとへ。檻が開いている。中に声をかけるけど反応がない。もう一つ檻があったけど反応を見せる子はいない。大人達の話では生きているけど心が死んでしまったって言っていた。悲しい。周りの荷物から食べ物と水をもらって森の奥へ走って逃げる。怖い大人が目を覚ますと今度こそ殺される。

123. 獣人の子供達　二。

―奴隷だった獣人の子供視点―

倒れている怖い人に見つからないように走って森の中に。森にはいろいろ怖い魔獣や魔物がいると聞いている。でも、獣人で奴隷だから誰か大人に助けを求めても殺されるだけだって。だから怖いけど怖い人がいない森にした。一緒に逃げた子もそうしようって。魔獣か魔物の声があっちこっちから聞こえる。隠れながら、森を走る。走りすぎて気持ちが悪い。ふらつく体を頑張って動かしていたけど……無理。木の陰に二人で入り込んで息をひそめる。ここに連れてきた怖い人が追いかけてくるかもしれない。怖い、怖い、怖い。涙が出てくるけど声が出ないように耐える。二人で震えて。ふっと意識が戻る。……寝ていたみたいでびっくりした。慌てて周りを見回すけど怖い大人はいない。大丈夫なのかな？　一緒にいる子も目が覚めたみたいだ。慌てて飛び起きた。声を潜めて大丈夫と伝える。持ってきた食料を二人で少しだけ食べる。魔獣の声が近くで聞こえる。ここから早く移動しよう。お互い頷きあって走って移動する。疲れているから体が思うように動かない。でも、足だけは止めなかった。足の裏から血が出ても。止まったら怖い大人に捕まりそうで、止まれなかった。走れなくなったら今度は歩いた。森は全体的に暗くてあまり遠くまで見えない。真っ暗になる前に木の影を見つけて休むことを繰り返した森のどこかを歩き続ける。食べるものはもうない、水もない。やっぱり死ぬのかな悲しい。涙が出そうになるけど耐える。つないでいる手にギュッと力を入れると握り返してくれた。まだ頑張れる。どこからか、水の音が聞こえる。朝から飲んでいない喉がギュッとする。水の音が聞こえる方に歩き出す。どこをどう歩いたのかはもう分からない。疲れてふらふらで。水の音がずいぶんと大きく聞こえると思ったら、次の瞬間ぐっと手が引っ張られる。そのまま水の中に落ちてしまう。慌てて手足をばたばたさせるけれど、意識が遠くなった。声が聞こえる。泣いている？　目をうっすらと開くと、目の前にあの子がいる。あっちこっちから血が出ている。何があったのかな？　逃げて……水の音がして……落ちたんだ。生きている？　小さいつぶやきに目の前の子は大きく頷く。……でも、このままじゃ。ふらつく体を支えながら起きあがる。ここはどこなんだろう。今までの森とは少し違う、今までの森は暗くて前が見えにくかった。でも、ここはあまり暗くない。え……巨大な魔獣がいきなり目の前に現れた。その眼を見た瞬間、今までの獣とは違うと本能が危険を知らせる。でも、もう体も意識も持たない。

気が付くと場所が変わっていて驚いて悲鳴をあげてしまった。あの子も目を覚ましたのか悲鳴をあげて二人で身を寄せ合う。……声を出しても襲われない？　でも大人の奴隷に聞いたフールミがいる。フールミは穴に引きずり込むから気をつけろって。他にもいっぱい聞いたけれど覚えていない。大人の奴隷は知性があるかないかで、判断しろって言っていた。知性がないなら即逃げる。ある場合はその場所からすぐに移動して、許してもらうようにって。本能なのかな。今までの獣と違うことは分かるけれど。……どこか分からないから移動は無理だ。どうなるんだろう。

人がいた。びっくりした。こんな森の魔物や魔獣がいっぱいいるところに人が。大人の奴隷や怖い人が言っていたことと違う。知性ある魔物や魔獣は人と闘っているって。人なのかな？　びっくりした。いきなり光に包まれたと思ったら怪我が治っている。体の重さもなくなって背中のずっと続いていた痛みも消えた。驚いて思わず目の前の人の手をギュッと握ってしまった。あ、殺される！　ギュッと目をつぶったけれど頭を優しく撫でてくれた。ホッとした。人がどこかを見ているから僕も見てみる。思わず悲鳴をあげてしまった。ゴーレムがいっぱいいる。使えなくなった奴隷を押しつぶして殺すゴーレム！　二人で泣き叫ぶ。もう体に力が入らないから逃げられない。ふわっと体が浮いた。驚いた。人が僕達二人を抱き上げて移動をしている。驚きすぎて何も反応できなかった。抱っこしたまま座ったみたいで、僕も人の膝の上に座ってしまう。あの子も固まっている。驚いたので涙は止まった。ゴーレムが差し出すコップ。コップが三つ。良い匂いがする。人が受け取って僕とあの子に渡す。そして飲むしぐさをしてから人も飲みだした。そっと口に含む。美味しい。涙があふれた。目の前の人からは何か温かい空気が流れてくる。大丈夫、この人は怖い人じゃない。声が口からこぼれると初めて声を出して泣いた。僕もあの子もぐちゃぐちゃの顔だ。

124.　ある国の騎士　七。

―エンペラス国　第一騎士団　団長視点―

森を調べに行っていた騎士から第五騎士団全滅の知らせが入った。予測はしていたが。一つため息を吐く。第五騎士団がいた場所の近くには空の檻が二つ。おそらく連れて行った奴隷達が入っていた檻だろう。これまでの反応を考えると奴隷を殺すことはできなかったはず、だとすれば奴隷達はどこへ行ったのか。森へ逃げたのか。だが、心の折れた奴隷達が多い。檻が開いていたからといえども出るだろうか。……考えても分からない。

王はあれ以来、姿を見かけない。魔導師達の姿も少ない。何をしているのか、調べてはいるが情報がつかめない。魔導師の奴らは口が堅いからな。王の最後の砦と言われるだけのことはある。

どう、動くべきか。王は負けを認めることはない。きっとこの国の最後の一人になるまで、どんな犠牲を出してでも勝とうとする。だが、勝負はすでに見えている。何をしても森には勝てない。……力が違いすぎる。部下の無駄死にだけは食い止めたいが。だが……。ため息が出る。何をしても無駄なような気がする。森の怒りを買ったのだ、そしてその怒りの鉄槌は下された。何度も警告を受けたが、この国は止まらなかった。すでに手遅れか。


城の中の異様な緊張感。いつ襲われるか分からない為、怯えている。雷といい、今回のことと言い前触れがない。敵の姿が見えない状態での攻撃だ。恐れるなと言うのは無理だろう。逃げ出した者達も多いようだな。騎士の中にもかなり動揺が走っている。第五騎士団はかなり非道な面があり、あまり好かれてはいなかった。だが強さは騎士全員が認めていた。今回は恐怖心もあり応援している騎士達が大勢いたのだ。彼らならどうにかしてくれると。少し情けない気持ちもするが。それがあっという間に全滅の知らせだ。騎士達にとって強かったはずの彼らの死。敵がどれほどなのかを身に沁みて感じたのだ。騎士とはいえ今まで敵に攻撃されたことはない。エンペラス国に攻撃するような国がなかったからだ。初めて感じた敵という存在に逃げ出さないだけましなのだろう。団長会議へ向かう足が重い。話し合いをしたところで何も結果は出ない。窓の外を見る。夏の終わりだ。少し涼しい風が吹いて季節的にはとても穏やかな日。一瞬を見れば以前と変わらないような気がするな。あの平和な……。違うな、平和に見えていたが実際はずっと森を侵略していたのだから。こうなるのは……自業自得だ。

曾祖父が残した日記にかつての森のことが書かれていた。幼い時に内緒で読んだ記憶が思い出される。穏やかな風が流れ、森の木々が揺れ、森は人々に恵みを授けてくれたと。森の王達の姿も見ることがあったと書かれていた時には羨ましく思った。見てみたいと。俺が幼い時にはすでにこの国は森を侵略していたので、森については話せなかったが。


会議室に入るとどの騎士団長も副団長も険しい顔をしている。……今日から友人も参加するようだな。第五がいなくなったのだから味方は多いほうがいいということだろう。

「会議を始めます」

部下の声に部屋が緊張に包まれる。第五騎士団の全滅した場所での調査結果の報告が始まる。騎士団の生き残り捜索は結果〇。消えた二〇〇人ほどの子供の奴隷の捜索も〇。ただ、小さい足跡が多数見つかったこともあり、奴隷は生きている可能性がある。今の所在は不明。

最後に死体の回収報告。数を見て首を傾げるものが多い。報告している第二騎士団長に数が間違いではないのか確認する。魔導師の遺体数〇。騎士団の遺体数六四。魔導師は確か三五人、第五騎士団は全員で一二一人のはずだ。

「遺体の数はそれで全てです」

魔物に食べられたのかもしれないが……。九二人の遺体が消えた……多すぎるな。森へ消えた？　どういうことだ……？

125.　お兄さん希望！……ふわふわの手？

エコに挨拶。獣人の子供達二人も一緒。この子供達に名前を付けるか迷い中。呼ぶ時に不便なんだ。ただ、勝手につけてもいいかどうか……。それと数日前から俺は不思議な言葉で呼ばれている。何度も聞くが全く聞き取れない。俺の耳は異常なんだろうか？　とりあえずお兄さんって呼ばれていると想像している。おじさんではないといいな。でも、年齢差を見ると……いや、きっとお兄さんだ。間違いない！

今日もナナフシ達の不思議な踊り。水のアメーバも畑のアメーバもここ数日は落ち着いてくれた。水のアメーバは通常の挨拶。……寒いので水をかけるのはやめようか。

畑のアメーバは畑仕事がなくなってのんびり。土と同化して驚かすのはやめてほしい。……新しい遊びを思いついたのか？　その遊びが進化しないことを希望する。今の同化ならよく見れば居るのが分かるが……それ以上は……。ナナフシ達はいつも通り。不思議な踊り。最近見慣れてきたので踊りに種類があることに気が付いた。回る方向やジャンプの回数などが違うのだ。最初気が付かなかったのは、ナナフシの動きがばらばらだったから。最近は一体感を感じるほどまとまっている。ただ、中には逆に回転したりする子もいて可愛い。日本では踊りに意味があったりするが、ナナフシにもあるのかな？　あるなら知りたいが……まぁ無理かな。一番小さいナナフシは五センチぐらい。ちょっとふらふらしていて、飛ばされないかと心配になる。

朝のお仕事終了。子供達と一緒に住処に戻る。ずいぶん冷え込んできた。この世界は秋が短い。あっという間にまた雪だな。

ん？　飛びトカゲだよな。トカゲの姿に羽、どう見ても飛びトカゲに見えるが違和感がある。魔力を感じ取ると……ふわふわ？　首を縦に振っている、ということはふわふわなのか。……えっと、これは成長なのか？　え、ふわふわってトカゲだったのか！　同じ種なのかと考えたことはあるが……まさか本当だったとは。

あ、おめでとう成長したんだな。頭をなでると気持ちがいいのか目を閉じる。ふわふわより表情があるな。……もしかしてマシュマロもか……覚悟をしておこう。にしてもふわふわの次はトカゲ。出世魚……違うあれは名前が変わるが魚は魚だ。蝶《ちょう》だ。蛹から蝶って感じか。なるほど、なるほど。前の方が……いやトカゲも可愛い。

久々にふわふわと湖に釣りに来た。子供達は家でお昼寝中。踊りを見ていて眠くなったみたいだ。久々の湖！　以前に見た湖よりずいぶん綺麗な印象なんだが。森が変わったことと一緒か？　まぁ綺麗になることはいいことだよな。ところで湖の形が変わっているのはどうしてだ？　なんだか湖から川があちらこちらに出来上がっている。問題ないのか？　問題なし。そうか。湖も自ら勢力を伸ばすってことなのだろうか。まぁ木も勝手に動く世界だからな、ありか。家の方に川が出来上がることもある？　あるんだ。畑に問題が出ないといいけど。お願いしとこうか、畑には川を作らないようにお願いします。ふわふわが水の中に潜り込んだ。今日はどんな魚を釣るのか……いや、釣りではなくこれはふわふわの手づかみだな。……あれ？　元のふわふわの時、手ってあったっけ？　ワインも飲んでいたし食べてもいたよな。手の記憶は……あれ？　どうして思い出せないんだ？

お、今日もまたでかいな。一つ目達が喜ぶよ。トカゲに進化したふわふわを見る。小さい手で魚をつかんで飛んでいる。手があるな……。

マシュマロで確かめてみるか。

126. トレント。

―ナナフシと間違えられているトレント視点―

世界樹が姿を隠すと判断した時、一緒に隠れたかった。でも、僕はまだ小さく弱くて。大切な存在と離れるのはすごく悲しくて悲しくて。でも、森を守る世界樹のためにトレントとして役目を果たそうと決めた。森をどれくらい彷徨ったのか一つの木の上に落ち着くまで、ずいぶんかかった。ここに敵が来たら奥へは通さないように攻撃をする。弱くても少しぐらいは敵を減らせればいい。何度も心が消えそうになった。それでも一日でも長く役目を果たせるように……。世界樹を感じられない時間は苦痛で魔眼と呼ばれるものに心が引っ張られる時も増えてきた。だから眠ろうと。僕が森の不利にならないように自分に眠りの魔法をかけた。二度と起きることが無いように。

ふっと世界樹に呼ばれた。声が聞こえる。おかしい、眠りの魔法をかけたのに目が覚めてしまった。そして感じる世界樹の存在。でも、魔力が違う、知っている魔力はもっと冷たい。この体に染みわたる魔力は温かく気持ちがいい。何が起こったのか。不安になりながら急いで世界樹の魔力をたどってここに来た。

見えた世界樹に驚いた。知っている世界樹と何もかもが違う。魔力に温かさを感じたのは世界樹が喜んでいるからなのかな。世界樹と共にいた仲間に聞く。驚いた。世界樹が一度死んだなんて。では、目の前のこの世界樹は？　森の神が新たにこの森に世界樹を誕生させてくれたそうだ。森の神。聞いたことがないので戸惑った。神とは森に必要な命を誕生させる存在のことらしい。世界樹を誕生させたのだから神で間違いないと。一番長く世界樹と共にいる仲間の言葉だ。そうなのだろう。

そして今、世界樹は森の神と共にあると。すごい！　トレント達も森の神のもとに居てもいいと。うれしい。初めて会った森の神は人のような姿をしていたが流れる魔力は優しく気持ちがいい。世界樹の魔力も気持ちがいいけど、森の神の魔力も気持ちがいい。眠りから覚められてよかった。世界樹にもう一度会えた。

びっくりした。仲間のみんなも固まって水の精霊を見ている。だって森の神に威嚇《いかく》をしているから。森をさまよっていた時、それを見てびっくりして悲しくなった。それは川の精霊達が魔物を狩っている姿。精霊達が川から上体を起こすのは威嚇する時だけ、魔物を油断させる時に使う手だ。精霊は森からもらえる魔力で生きている。川の精霊なら川に流れる魔力。狩りをしなければならないのは魔力がもらえなくなったから。それは森が衰弱している証拠だ。

森の神がいるここは魔力があふれている。なのにどうして威嚇を！　森の神を裏切るつもりか！　水の精霊のところへ行こうとすると、仲間から集合がかかった。水龍が僕達トレントのもとにやってきた。精霊を止めないのかって思ったけれど、彼らは森の神に強さを見せているらしい。強さを見せる？　森の王達やその子らが森の神の前で競い強さを見せあっている。それを精霊もしたのだと。

そうなのか？　気持ちを落ち着けて、精霊達をもう一度確認……なるほど。強さを認めてもらいたいのか。でも、森の神に見られているからか魔力に温かさが……。温かい魔力が出ているけどいいの？　駄目？　水龍が困った感じで精霊達を見ている。そうだよね、威嚇しているのに温かく包み込んだら駄目だよね。次は土の精霊。こっちはうれしさを全く隠していないね。あ、土龍が頭を抱えている。

え！　今日これから僕達も……そんな！　あちらこちらから無理だと叫びが。僕も長く眠っていたせいで舞を覚えているか怪しい。話し合った結果、勝負は明日、トレントの破壊の舞を見てもらうことに決まった。しっかり今から特訓しよう。ん？　お前もか、一緒に頑張ろう。あれ？　右だっけ？　ここで飛んで……あ、間違った。どっちだっけ？　覚えている？　覚えていない……誰か～。右にクルクル、飛んで飛んで、右にクルクル。心を込めて……あ！　途中、何度か間違ってふらついてしまった。森の神もちょっと困った顔をしているような……特訓しないと！

もっと特訓して成果を森の神に……。え？　明日は死滅の舞？……あ～誰か最初から教えて！

ん？　喜びが全身から？……森の神に見てもらっているのに喜びを抑えるなんて……無理だ。少しはいいの？……もしかして酷かった？　そうか、気を付けないと。え？　森の神に破壊の魔力を送っていた？　ぅわ～魔力の制御ができていなかったんだ！　それにしても僕の攻撃が全く効かないなんてさすが森の神だな、すごい。え、それより制御……分かっているよ！

明日こそは！

127. 名前を決める……川が増えていく。

獣人の子供達もここでの生活に慣れてくれたみたいだ。岩人形が集まっていてもびくびくしないし、シュリにも挨拶できるようになった。コア達やチャイ達、アイ達にはもう少し早く慣れたんだが。どうしてもシュリだけが慣れてくれなかった。種族的に何かあるのかもしれないな。あ、親玉さん達にもなかなか、慣れなかったか。……昆虫系が苦手？　いや、ナナフシに慣れるのは早かったか。まぁもう過去のことだな。今の生活には問題なし。

獣人の子供達の生活も落ち着いたので、やはり名前を付けることにした。呼ぶ時に、おーいや、子供達では味気ないしな。親につけてもらった名前は聞ける時が来たら聞こう。それまでは俺が付けた名前で我慢してもらう。二人は男の子と女の子。二人とも男の子だと思っていたからちょっと慌ててしまった。三つ目に急いで女の子の服を作ってもらう。異様に三つ目のテンションが高かった。次の日には一〇着と大量に服が仕上がったからな。そんなに誰かにスカートを穿かせたかったのか。男の子の方に入っていたスカートは三つ目に返却。名前は迷って女の子は優しく咲きほこるという意味を込めて『——優咲《ウサ》』。男の子は温かい心で輝く未来をつかんでほしいと言う意味を込めて『——陽輝《クウヒ》』。……うん、自己満足度はＭＡＸだけど、どうかな？　えっと不思議そうな顔をされてしまった。もう一度名前を呼んで頭を撫でる。気が付いてくれた。よかった。あ、あれ？やっぱり駄目なのかな？　泣かれてしまった……ちょっとあたふたしてしまう。俺がそんな状態になっている間に二人はお互いの名前を呼び合っている。ちょっと慣れない言い方なのか、たどたどしいが。気に入ってくれたみたいだ。よかった。……俺はもう少し落ち着きが欲しいな。

ずいぶんと寒くなってきたと思ったが雪か。雪が積もったらマシュマロが外に出られるな。そうだマシュマロで手を確認しようと思ったんだよな。残念ながら、ふわふわ同様にトカゲに成長して

いた。あと一日早かったら見られたのに。というか覚えていないのもおかしな話だ。もしかしたら魔法でモノを浮かして口に運んでいたのかも。まぁ、ふわふわかマシュマロが子供を産んだら絶対に確かめる！　あれ？　あの子達ってメス？　オス？　トカゲってどこで確かめるんだ？……子供ができるまで気長に待とう。

……あれは、え、まさか？　雪を確認していたら遠くに気になるものが。広い畑の真ん中の岩の石畳を歩いて森へ。……見間違いではないみたいだ。川が開拓場所の近くまで伸びてきている。昨日まではなかったと思うのだが。周りを見る。……ほかにも森の木々の間に川が見える場所がある。湖がここまで川を伸ばしてきたのか？　あっ、親玉さん。川……えっと畑と川を指さして大丈夫かと言葉に出す。何度も大丈夫と聞くので言葉を覚えてくれた。ありがとうございます。あとは対象を指さすだけ……そしてあとは読み手に期待。なんとも相手任せの伝達方法だと思うが精一杯です。

頷いたので大丈夫なんだ。畑には入ってこないってことでいいかな。にしてもすごいな～。森の間に何本もの川が見える。木が自由に歩きだし、湖が川を自由自在に森に走らせる。……これ喧嘩にならないのだろうか？　川と森を指さしてファイティングポーズ。悲しいが、ファイティングポーズは毎週の酒乱会で伝わるようになった。本当に残念だが。で、これも問題ないと……伝わったのかな？　ちょっと不安だ。まぁ親玉さんが慌てていないから問題ないだろう。

お、アメーバだ。これは水のアメーバの仲間かな。ん？　また立ち上がって踊るのか？……増えていく。油断していた。ありがとう、みんなすごいから。拍手をすると落ち着く。他のアメーバが立ち上がる前に帰ろうか。川のあちらこちらにアメーバの姿が。気を付けよう。

明日は地下への入り口をあけられるといいな。

128. エンペラス国の隣国のエントール国。

―エントール国　騎士団長視点―


「休憩」

周りの騎士が休憩に入るのを確かめてから近くにあった岩に腰を掛ける。少し離れた場所にはエンペラス国の元奴隷の姿がある。

去年の夏、エンペラス国の奴隷が助けを求めて我が国に来た。罠ではと疑う者が多かったが魔導師達が奴隷紋を調査。たしかに奴隷紋の効力が消えていることが確認され、間諜という疑いは薄れた。奴隷紋はかなり強力な物で、解放された経緯が調査される。そこで、エントール国で話題に上がっている、森の白い光が関係していることが判明。魔導師達が総力をあげても白い光については何も分かっていなかった。それが思わぬところから一つの手掛りを得ることになったので、魔導師達の興奮は凄まじかった……いや、怖かった。奴隷達はもう一度その経緯を詳しく調べられ、判明したことはエンペラス国にとっても白い光は予定外だということ。調査をしようとして白い光に襲われたことだった。だが、やはり白い光が何かは不明のまま。それを調べるため、森の大調査が決定した。今回の森の調査はここ数年で一番の大きさとなる。定期的に行っている調査では森に変化がみられると報告されている。また白い光も相変わらず報告がある。

森を見る。たしかに変わっている。

「団長、魔物が！」

少し離れた場所に一匹の魔物が現れる。大きい。全員がすぐさま戦闘態勢を整える。

「動きませんね」

おかしい。なぜ襲ってこないのだ？　様子を見ている？　油断させようとしているのか？　膠《こう》着《ちゃく》状態が続く。魔物をよく見る、特に目を。……知性があるのか？　だが、今の森にはそんな存在は……。試してみるか。緊張で手先が冷たくなる。

「騒がせて申し訳ない。少し森を調べさせてほしい」

周りの騎士達が少し騒がしくなるが仕方がない。今の森にこれは意味がない。だが、あの目が気になる。

昔は森の王達の眷属《けんぞく》達が森の各所を守っていた。その眷属達には知性があり、獣人やエルフとの関係も良好だった。俺はエルフの血が混じっているから長生きだが、眷属を実際に目にしたわけではない。父から話を聞いただけだ、だが何度も聞かされた。魔物を見たら必ず目を確かめろと。

「ぐるっ」と魔物の声が聞こえる。剣を握る手に力が入る。だが、魔物は何をすることもなく、森の中へと姿を消す。

「……まじで通じたのか？」

余りのことに誰もが唖然として魔物が消えた森を見つめる。眷属だったのか？　もしそうなら、森の王が力を取り戻した？

「だ、団長……あ、あれ」

「落ち着け。まだ確実ではない。もう少し様子を見る」

森の復活は絶望的だと思われていた。だが、これは一つの希望と言ってもいいのでは？　もう少し何か確証が欲しい。

「森の中だ、あまり騒ぐな。落ち着いたら調査を開始する」


やはり、森が変貌《へんぼう》している。魔眼の影響が、かなり消えている。それに、森の恵みと言われる川が木々の間に無数に見える。数年前も調べたが、この辺りは真っ黒く淀《よど》んでいて川はなかった。

「あ、ああ～」

「うるさい！　ここは森だ静かにしろ！」

「か、か、か……」

俺の副団長だが、殴りたい。苛立ったまま副団長を見ると、空を指して口をぽかんと開けて何かを凝視している。あまりの馬鹿面に苛立ちが収まり、見ている物が気になった。副団長の視線を追い空を見る。とっさに口を手で押さえ、声を出すのだけは耐えたが、心が震えた。視界に映ったのは、死んでしまったと言われていた森の王、フェニックス！

鮮やかな羽に火を纏う姿。間違いない、絵で見たことがある。あれはフェニックスだ。

「すぐに国に報告を！」

魔導師達が通達の準備をしている。すぐに国に報告が行くだろう。森の調査に不安があったが、これで全て吹き飛んだな。

129. エンペラス国の隣国のエントール国　二。

―エントール国　騎士団長視点―


フェニックスの姿を見た興奮からか、どこか騎士達の危機感が薄れている。調査をこのまま続けたら怪我につながる可能性があるな。ちょうど開けた場所があるし、ここにするか。時間をおけば騎士達も落ち着くだろう。

「止まれ。本日はここで休息とする」

かなり歩いたが興奮からか疲れを感じない。皆と同じで俺も落ち着かないとな。

「副団長と補佐、周辺を見回るから一緒に来い！」

「「はっ」」

この二人返事だけはいいんだよな。すぐに暴走する副団長とちょっと抜けている補佐。……なんで俺はこの二人を選んだのだろう。

「一ヵ月前の調査でも感じましたが、やはり随分と変わりましたよね」

「……あぁ、一ヶ月前の調査に参加していたな」

「……団長、まさか部下の行動をお忘れで？　報告しましたよね？　調査結果も！」

「ははは……見回りを終らせるぞ」

副団長の視線が痛い。まぁ、よくあることだ気にしない。

周りを見ると木々の間に川が何本も見える。川を覗くと透明な何かがいる。見えないが、精霊と呼ばれるモノかもしれない。

「何かいますよね」

俺の魔力が高いと、もう少しはっきりと精霊の姿を見ることができるそうだが。今の俺では不可能なんだよな。一度だけでもいいから、姿を見たいものだ。

すっと風が吹いた瞬間、近づく気配に気が付く。俺と副団長は剣を補佐は弓に手をかけ、周辺を見渡す。何かがこちらに近づいてくる。数が多く、その全体が分からない。魔眼による黒い影の影響は薄くなったが、魔力が読みにくい状態は続いている。そのため近づくモノが魔獣か魔物か眷属かの判断ができない。眷属は大群で動くことはないと聞いている。ならば魔物か魔獣の大群か？補佐が弓を引いた。近づいてくる。がさがさという音と自分の心臓が早くなる音が耳に響く。木の陰から何かが飛び出すのと補佐が矢を放つのは、ほぼ同じ。しまったと補佐の顔が青くなる。木の陰から見えたのは獣人の子供。魔法で防ごうとするが、間に合わない！　最悪の結果が頭に浮かぶが、子供が白い光に包まれるとぶつかる直前の矢が弾き飛ばされた。

「よかった」

補佐の声が聞こえる。副団長も大きくため息を吐いているようだ。だが、俺は目の前の現実から目が離せなかった。……森の奥から次々と姿を見せる子供の多さに。


「疲れた」

子供の数は一九八人。五、六歳の子供達は全員が奴隷だった。元奴隷の彼がいなかったら収拾がつかなかったかもしれない。奴隷の時の号令がまさかここで役に立つとは、皮肉なものだ。

あれから数時間。朝日が森を照らしている。徹夜だな……はぁ～。

「失礼します」

入ってきたのは元奴隷のカジュという人物だ。子供達を落ち着かせて、話を聞いてくれていた。

「ありがとう。カジュがいてくれてよかったよ」

カジュは嬉しそうに笑った。子供達はエンペラス国の奴隷、背中の奴隷紋で確認された。だが奴隷紋はすべてカジュと同じように効力を失っていると魔導師が確認。ただ、この子供達にはカジュ達とは大きく違う点があった。それは何者かによって守られている、ということだ。その力が補佐の矢を弾いた。守っているのは誰か。白い光だったため魔導師達が、かなりやる気を出している。

子供達が怖がっていなければいいが。

「……は？」

今、なんと言った？　魔物が食べ物を持ってきた？　えっと？……子供達の話によれば魔物が食料を運んでいたらしい。……あり得るのか？

「し、失礼します！」

魔導師の一人が大興奮で部屋に駆け込んでくる。

「子供達を守り、そう守り！　あ〜森の流れる風の中に含まれる魔力とお、同じ魔力が！」

は？　大丈夫かこいつ。何を言っているのか、さっぱり分からん。

「……落ち着け。もう一度ゆっくり」

「え、えっと……ふ〜。子供達を守っている魔力と森に吹いている魔力が似ているというか、同じというか！」

どっちなんだ？

「同じなのか？　似ているのか？」

「区別がつかないぐらい似ています！……いや、あれなら同じと言っても……」

……この興奮状態では冷静に判断を出すのは無理だな。森に吹いている風？　文献では森の中を流れる風には世界樹の魔力が宿っていると書かれていたな。……ん？　え……つまり、世界樹の魔力が子供達を守っていた？　いや、似ているだけの可能性もある。世界樹の魔力に似ている魔力って……森の王か？………。

「国に戻る！」

俺の手に負えるか！

130. 眷属の一匹。

―森の王の眷属視点―

今日も風が気持ちいい。森も随分と心地よくなった。まだ不快なモノが消えずにいる場所もあるが問題はない。ずっと何かに囚われていて暗い闇に居たが今は自由だ。世界樹の魔力が体に染みわたる。森を走る。……以前の世界樹とはずいぶんと違う魔力だが今の方が好きだ。心地いい。

ん？　何だあれは！　また人か！……随分と小さいな。それに随分と、いっぱいいる。しかし森に何かするなら許さん！　グルル……ぉお？　この小さい者達、世界樹の魔力で包まれているな。

……攻撃したらダメってことか？　あ～泣いてしまった。知らなかったのだ、すまない。

グゥウウ……。

なんの音だ？　お腹が空いているのか……だが、俺には関係ない。

ばいばい。

小さかったな……気になる……世界樹の魔力……。助けた方がいいのかな？　世界樹が守っているしな。お腹が空いていたみたいだ。食べ物……魔獣でも狩っていったらいいのか？……仲間に聞こう。

愚か者ってなんだ。本当に小さい者達から世界樹の魔力を感じたんだ！　調べてやるって……おい！……だから本当だって言っただろ？　で、魔獣でも狩ってきたらいいのか？　駄目？　肉に火を通す？……生のほうが美味いと聞いたことがあるぞ？

難しいな。

木の実にするか。あれは？……毒？　あっちは？　大丈夫。あ、待て、俺が最初に見つけたんだ。食え。食わないのか？……お、食った。お腹が空いていたようだ。ん？　どうするって何が？

あ、この小さい者達か。……どうしよう。森の外？　そうだな。こちらは森の中に入ってしまう。森の外に連れて行こう。食べ物は足りたか？……足りない。取ってくる。

お、人の気配。あれは……何かの集団だな。少し様子を見よう。あの者達だったら大丈夫では？

もう少し様子を見る？　そうか。ちょっと目の前に出てみよう。すぐに攻撃するようではだめだ。

……まぁ合格か。

ぐるっ。

うまく会わせることができたな。攻撃をしてきた時はどうしてやろうかと思ったが。まぁ……大丈夫だろう。……なんだ。泣いていない。ちがうからな！　ふん！

131. 三つ目の本気！……羽が成長している。

三つ目が持ってきた冬用の靴。完成度に驚いた。え、三つ目って何者？

三つ目と巨大虫の頑張りで服は早めに完成。最近ではいろいろとこだわった服が登場する。ウサのリボンが使われた服は俺でも分かるぐらい可愛い出来。ある程度でストップをかけないと暴走するが。

服は完璧だったが問題は靴。俺の履いている靴はゴムを使用したスニーカー。ゴムとは理解できたが、俺はゴムがどのように作られるのかを知らない。ゴムの木があるとは聞いたことがあるが……それ以上は無知。ゴムを探すのは無謀ということで早々にゴムは諦めた。なので違う靴を考えることにして思い出したのが草履《ぞうり》。小麦部分をとった茎を乾燥させれば作れるのではと、安易に考え挑戦。まぁ結果はどう編むのか全く分からず断念。見た、履いた程度では作るのは無理です。とはいえ一年も履き続けたため、もう少しで布の部分に穴が開きそうなほどぼろぼろになった。

草履の失敗から三つ目達は頑張った。俺が書いた絵をもとに……あれでよく靴を完成させたと思うのだが。一番最初に出来上がったのが雪駄もどき。木の板に紐を通したもの。たしかに履けるが森ではちょっと無理だった。雪駄もどきがぶらぶらする。

次は雪駄もどきを加工。紐を追加して足に固定するタイプに。出来上がりはサンダルの出来損ないという感じ。足は紐を結ぶことで固定できたが、下の板が硬く歩くと痛くなる。まぁ慣れるかと思っていたが速攻修正が。足のサイズ？　形？　を調べられて底の部分の木を加工。フィット感が完璧な雪駄サンダル？　みたいなモノが完成。森を走っても問題なく、夏に活躍。途中から靴底に深めの滑り止めが施されていたのは……三つ目の愛情だと思いたい。

冬にサンダルは寒い。なので靴下を重ね履きしようと考えていたら、三つ目達がまた頑張った。靴底には毛皮を使用して温かく、そして薄めの革を使用して靴の形に加工。革本来の形をうまく利用したみたいだが……どういう作りか見ても分からない。すごいなっと感心して三つ目達を見ると親指を立てて胸をそらした。

……誰に教わったんだ、そのポーズ。とりあえず三つ目達にありがとう。獣人の子供達にも靴が完成したようだ、怖がりながらも感謝している。岩人形が近くに居ても固まらなくなった。慣れだな。靴の履き心地を雪の上で確認。……しまった、防水加工はされているわけがない。足が冷たい。三つ目が見つめている……いや、靴は完璧で問題ありません！　数日後、何足も換えの靴が届いた。ありがとう。

目の前の酒乱会に子供達も慣らされたな～。いろいろ名前を考えたが酒乱の集まりなので酒乱会で落ち着いた。これを考えた時は俺もそうとう酔っていたと思う。まぁ酒乱会だ。獣人の子供達は初参加の酒乱会で悲鳴をあげて気絶した。俺が酒乱会に慣れてしまった為、獣人の子供達への配慮を忘れていた。あれは申し訳なかった。起きた獣人の子供達はお互いに抱きしめ合って泣いた。本当に申し訳ない。数回見ると慣れるものだな。魔法が乱発されるまでは身を乗り出してみていることも増えた。

……酔っているのかな？　飛びトカゲの羽がものすごく大きくなっている気がする。体も成長している？……あれって……トカゲなのかな？

132.　土龍。

―トカゲに間違えられている土龍視点―


全身にいきわたる魔力が世界樹の成長と共に倍増した。本来の魔力量から考えればまだまだだが、少し前まで枯渇《こかつ》していたとは思えないほどだ。そのためか体が元の姿に近づいた。

やはり羽で飛ぶのは気持ちがいい。飛ぶのはあまり得意ではないが、変わっていく森を空から眺めるのは格別。世界樹の魔力が森に広がっていくのを全身で感じる。魔眼の力も随分と落ちたようだ。これも全て主のおかげであるな。

住処の広場に降りると親玉さんと呼ばれるようになった森の王が居た。ん？　フェンリルの王であるコアもか。

「久々にあれほどに高く上がったのではないか？」

そうかもしれないな。魔力が減少してからは体の維持が最優先で飛ぶことはなかった。主に会ってからは少し浮かぶことはあったが。あれは飛ぶとは少し異なるからな。

「お前達はその姿、どうするのだ？」

俺の質問に親玉さんもコアもニンマリと笑う。不思議なものだ。かつての森の王といえばいがみ合うのが普通だった。いがみ合う理由は覚えていないが、ただいがみ合っていた。

目の前の二人の王を見る。記憶にある姿より体の大きさがずいぶんと異なる。フェンリルは空を駆ける種、その体はもっと小さく銀色の長い毛をもっていた。チュエアレニエは業火を操り森を駆ける種、体は今の半分くらいか。今は羽になっているがあそこには本来は針があったはず。

森の頂点にいる王、その中でも龍の力は強く森全体の守りを担っていた。森に魔眼が広がりだした時は魔眼の発する魔力をたどって核となるものに攻撃を繰り返した。だが核を破壊することは叶わず、逆に膨大な魔力を失った龍は守りが限界になってしまう。あの時はどれほど後悔したか、人を甘く見てしまったのが間違いだった。巨大な姿を維持する魔力を森の守りに使ったため徐々に小さくなる姿。大きさなど気にしたことはなかったが人は龍の血や肉を欲しがる。姿が小さくなろうと龍は龍、その身には力が宿っている。龍が人の手に落ちることは、なんとしてでも阻止しなければならなかった。だが、龍にはもう一つの厄介な役目がある。それは神獣という面だ。やすやす死を受け入れることができない。神獣の役目があるためだ。とはいえ、その役目を思い出せないのだが……。分かるのは神獣として存在している己と死んではならないということだけ。厄介なものだ。人からわが身を守るためにはどうするか。初めに決断したのは火龍。火龍は小さくなった姿を全く違う見たこともない姿に変えた。それに続いて我々も、火龍の姿をまねたものに変わった。そのあとの森を守ったのが残った王達だ。龍が攻撃をやめると、人はすぐに森の奥へと侵攻を始めた。他の王達はそれに対応するためにその身を巨大化させ、侵攻した人を駆逐《くちく》した。小さく進化するより大きく進化するのは相当な負担がかかる。それでも龍以外の王達も恐ろしい存在なのだと人に植え付けるために巨大化の道を選んだ。時間がなくその道しかなかったとも言えるが。

「この姿も気に入っているから問題ない」

フェニックスのカレンの声が後ろから聞こえた。見ると三王の中で一番大きくなったカレンが樽を抱えている、ワインか。……ゴーレムに怒られるぞ。大丈夫？　お願いしてもらってきたのか。

「飛びトカゲ、久々に一戦楽しもう！」

ワインというものを飲むと楽しい気分になる。そうだな、過去は過去だ。世界樹が復活した、森は力をつけた。王達が仲間になり、それ以外の森の強者もここに集まる。それでいいか。火龍と風龍もいつかここに来るだろう。

カレン、負けぬぞ。お、主よ見てくれ、少し本来の姿に近づいたのだ！

133.　フェンリル王三　コア。

―狼と間違えられているコア視点―

昔を思い出す。仲間と共に空を駆けていた姿。あのころに比べるとずいぶんと大きくなったものだ。速度が落ちたのも巨大化のせいだろうな。だが、今でも空を駆けることはできる。しかもこの大きさだと主を背にのせることも可能だ。

隣でワインを楽しむ親玉さんを見る。そういえばと視線を動かすとアイの子と遊んでいる糸を出すアルメアレニエが見える。不思議な光景だ。

「親玉さんの子は不思議な変化をしたのう」

初めて見た時、親玉さんの子とは思えず違う種かと考えたぐらいだ。まさか糸を使用する種になるとは。

「あれは初めて主に会った時に送られたイメージだ」

「ほぅ、そうか」

主が必要とした力なのか、ならば変化も納得だ。だが、糸か。昔、体を大きく変化させたが自身の魔力で相当な傷を負い死にそうになった。あの時はそうすることが必要だったが、もう二度としたくはない。変化とは、かなりの負担がかかるのだ。糸を操る変化も相当な負担がかかったのでは？

「スワソワが居るだろう、あれにコツとあるものをもらった」

「ん？」

スワソワは毒糸を吐く魔虫。ゴーレムが面倒を見ている奴らはちょっとおかしなことになっているが。あやつらが？

「糸を出すには核が必要でな、それをもらった」

「……違う種の核を体内に入れたのか」

それはそれで恐ろしい。違う種の核は魔力が気に入らないと、体を突き破って出てくることもある。無謀なことをしたものだ。なに、あの進化したお前の子がお前に内緒で……。それはまた、糸を使えるようになったと聞いた時どうしたんだ？　ん？　即行で核をもらいに行ったのか。……負けず嫌いは昔から変わっていないな。我が子だろうに。

何？　この王の座を子に譲る？　まだやらん！　欲しければ我を倒せ！　だが、我は負けぬ！　お主と一緒……ふん。王の地位を簡単に譲るのは間違っているからだ。

それより、糸を使えるように変化する子供は他にも？　あと二匹？　ほぅすべてが進化をするわけではないのか。よかったな、親だけ昔のままに……っつ、叩くな！　変化ができなかったからと……まだ諦めていないのか。諦めたら……いや、頑張れ。まったく。

……親玉さん、あやつの出している糸は何色に見える？　黒だな、色を変えることもできるようになったのか。まぁ、元はスワソワの核だからな。夜に黒の糸は見えにくいな。お主、いつか地位を奪われ……いや、なんでもない。そう睨むな。

お、あれは我が生んだ子供達か……。ん？　あれは新しい魔法か？　いつの間に、あれほどに成長したのか。うむ、立派だ。……親玉さんちょっと特訓に付き合え。まだまだこの地位は譲らん！

134. どこかで見たバトル……洞窟のアメーバ。

見渡す限りの雪景色。この世界で二回目の雪の季節……寒いな。

ウッドデッキに出る。そこは結界を張り、寒さ対策は万全の空間。広場ではマシュマロとふわふわが取っ組み合いの喧嘩……特訓中。トカゲが二匹、立ち上がって腕を掴みあって……動物系の動画で見たような……。いや、動物番組の中で流れたビデオだったか……。あ、思い出したオオトカゲの映像だ。街中でオオトカゲが喧嘩しているってやつだ……ちょっとこっちの方が大きいけど。あ、水攻撃、よけた。すごい、あぁマシュマロも氷の攻撃か。……オオトカゲには魔法はなかったな、異世界バージョンって感じか。

「おはよう」

後ろから声が聞こえる、獣人の子供達がご飯を食べ終わって出てきたようだ。姿を見ると……暖かそうなコートを着ている。……すげぇな、三つ目。

「おはよう」

ようやく獣人の子供達からも声をかけてくれるようになった。うれしい進歩だと思う。広場を見てビビる回数も減った。……慣れることはいいことだと思いたい。

それにしてもトカゲ同士の取っ組み合いはなんとなく可愛かったが。口から水とか氷とか飛び出す魔法攻撃は……怖すぎる。

獣人の子供達が俺の座っている長椅子に座る。すぐに一つ目が温かい飲み物を作って持ってきた。最近、特に思うが……完璧なメイド、違うな秘書……執事……一つ目はすごい。掃除をしている一つ目を見る。クリーン魔法で綺麗にしているが、なぜか拭き掃除もしている。何か仕事を考えてあげた方がいいのか？　でも……無いよな。

お、寒い日にめずらしい。子アリ達が外にいるな。ハハハ、キッチンに一直線ということは食べ物か？　一緒に行った方がいいかな？……あぁ、確かに食事に関しては一つ目が管理しているな。子アリ達は正しい。一つ目にしっかりと許可をもらっている。無断で何かをすると追いかけられるみたいだからな。ワインだけでなく、食べ物をもった子アリ達が追いかけられる現場を何度か見ている。そういえば最近は見ないな……まぁ、いろいろあった結果だろうな。一つ目達は満足そうに子アリ達を見守っている。問題がないならそれでいいか。

それにしても雪が降っているのに特訓なんてよくやるな。体を動かしているから寒くないのか？親玉さんとシュリの家族はこの時期はすっごく嫌がるけどな。

不意に近づいてくる魔力を感じた。仲間達も感じたようでそれぞれ探しているみたいだ。どこだろう？……おかしい、いない。魔力は感じる、この距離ならもう姿が見えてもいいはずだが。魔力探知の精度がよくなったのか、相手の区別や距離が測れるようになった。あとは敵意、これには結構敏感だ。感じる魔力に敵意はないようだが、姿が見えないのが怖いな。ウッドデッキの隅まで来るといきなり近くの雪が蒸発した。驚いていると雪に穴が開き、そこからアメーバが。あ、この子……洞窟に居たアメーバか。ここまで来たってことか？　それにしても、ものすごく見られているな。どうしたらいいんだ？　マシュマロ？　アメーバが驚いたのか、ちょっとのけ反った。……知り合いとか？　雪のアメーバの仲間？　マシュマロが一つ俺に頷いてから、アメーバが作った穴にもぐっていってしまう。頷いたということは大丈夫ということだろう。それにしても洞窟からここまで結構な距離がある。ずっと雪にもぐって移動していたのか？　すごいな、あのアメーバ。

お、新しいお茶か、頂こう。一つ目、ありがとう。俺が入れたお茶より格段に美味いよな。

135.　真っ赤な仲間……まさかの食べ方！

マシュマロが戻ってきた。……赤い毛糸玉を背負って……。毛糸玉ではないな、仲間のトカゲだ。えっとまた綺麗な色だな……これって成長したら真っ赤なトカゲになるのか？　ふわふわもマシュマロも色はそのままで成長したよな。そういえば地球のトカゲもカラフルだったな。赤とか緑とか、確か真っ青もいたか、トカゲの世界は派手好きなのか？　で、赤い毛糸玉だが……なんだろう。ものすごく不貞腐れているような気がするのだが。なんとも複雑な魔力が流れてくる。お、ふわふわが来た。視界にふわふわが映ると、隣を猛スピードで赤い球が駆け抜けた。びっくりした！　駆け抜けたのは赤い毛糸玉でふわふわに突進したようだ。魔法をぶつけることなく絡み合って広場を転がっている。なんと言うか、トカゲと毛糸玉では遊んでいるようにも見える。が、危険なことには間違いないのでウサ、クウヒ、危ないからこっち！　リス達も危ないよ、前に巻き込まれて大変だっただろ。……いや、あの時は反撃していたか。

あ、一つ目ありがとう。ウサ、クウヒ、お茶が来たよ。一つ目が作ったおやつもあるのか。成功したのか、さすがだな。砂糖と小麦と果汁と油で作ったケーキ。試行錯誤を積み重ねて完成したケーキ。それが机の上に山積み。多くない？　大丈夫？　そう……あぁなるほど。

広場ではいまだに絡み合って喧嘩中もしくはハードなふれあい中。ウッドデッキでは匂いにつられてマシュマロと飛びトカゲ、もちろんコア達、チャイ達、アイ達も。お、親玉さんも匂いにつられて来たのか？　今日はナナフシ達の姿も少し見える。ナナフシ達は食べないらしい、残念。リス達はすでに自分達の分を確保してまとまっておやつタイム。

では、いただきます。口に入れると優しい甘さとしっとりしたケーキの食感。……あの材料でここまでのモノを作るとか、さすが一つ目。

目の前のハードなふれあい中を放置して寒い日のひと時。あ、マシュマロには暑すぎたのか……ウッドデッキは結界で覆って温めているからな、ごめん。結界の外でおやつを楽しむようだ。飛びトカゲは問題なしと。あ、ふれあい時間が終わったようだ。怪我は……大丈夫と、よかった。

ふわふわがケーキに気が付いたようだ。ケーキに向かって一目散に走って……飛んだな。怒られるぞ、そのままケーキに突撃すると。……一つ目に睨まれるトカゲ……シュールだ。

お、赤いふわふわも食べるか？　ウッドデッキの下まで来たが戸惑っているようだ。お皿にのったケーキを赤いふわふわの前に置く。マシュマロのように暖かいところが苦手な可能性もあるしな。

椅子に座りなおして見ていると……食べた。あ～なるほど、そうか、手を見ていないはずだ。……いや、おかしくないか？　カエルだろ、その食べ方って。トカゲも舌を伸ばして食べるのか？あれ？　トカゲが獲物を捕る画像などは見たことはないが……。……どうやって飲むんだ？　果実水をコップに入れて置いてみる。匂いを嗅いで舌でコップを包み口元へ……。器用だな。美味しかったらしい。舌で舐めとっている。

……なんだろう。知りたかったはずなのだが……このなんともやるせない感情。

136. 妨害？……トカゲがまたまた。

雪が積もって何もすることが無いため、森の中を調べることにした。獣人の村か集落があるかもしれない。獣人の子供達の親探しは早い方がいいだろう。

久々にドローン千里眼を駆使して森を見る。自分で作った結界までには集落がないことは確認している。結界の外を調べたい。

結界までは魔力に違和感なく、ドローン千里眼を動かすことができる。以前は結界の外を調べようとすると、魔力の減り方が急激で対応できなかった。と言っても魔力が減っていることに気が付いたのは、魔力探知の精度が上がったからだ。それまでは、急に体が重くなるという現象に随分と悩まされた。

今回は……すごい！　魔力が増えたのか？　魔力が減っている感覚を感じない。これなら広範囲を調べられるな。それにしても、森の黒い影が随分と減っている。呪いがこのまま消えてくれればいいが。

まずは、この世界に森以外が存在しているのかを知りたいな。行けるところまで一方向に飛ばし続けるか。画面に映る森に違う景色が映る。やった、畑！　ようやく森の外を確認できた。森だけの世界だったらと、本気で悩んだ時期もあったのでかなりうれしい。それにしても畑を見つけるまでの時間を考えて、改めて森の大きさに驚く。そのまま森の外を確認しようとドローン千里眼を森の外へ。

「ぅわ！」

いきなり体に電気というか不快なものが走った。ドローン千里眼も映像が途切れてしまう。

……なんだ？　もう一度。……三回試したが何かに妨害されて森の外に出られない。結界かと思って魔力の流れを探知してみたが感じない。でも、森から出られない。なんでだ？　もう一度、魔力の流れを探ろうと集中するがやはり何も感じない。魔法ではない、なら……呪い……封じ込められている？

ふぅ落ち着こう。とりあえずできることからしていこう。村や集落を探すのもまだ途中だしな。うん、森を全て見て回るか。森から出られる場所も見つかるかもしれない。

……湖が大小いろいろ、滝が数個、巨大な山が二つに……穴？……あとは川か。川は広がっている最中って感じだな。そういえば畑の近くにも川が来ていたな。森全体に広がっているのか、すごいな。はぁ、集落。

「びっくりした」

ドローン千里眼の映像にいきなりトカゲが。飛びトカゲ？……いや、違うあの子は大きくなって今はこのサイズではない。ふわふわ？　マシュマロ？……外を確認する……今日も元気に広場で遊んでいる。たとえ魔法を乱発していたとしてもあれは遊びだ。

映像を見る。……いるな。ふわふわ達の仲間かな。……もしかして形に興味があって近寄ってきたのか？　ドローン千里眼って俺の知っているドローンの形に変化した。最初は光の塊みたいだったのが、いつの間にか日本のテレビで見た黒のドローンに。初めて自分の目で確認した時はビビった。ずっと光の塊だと思っていたからな。見慣れないモノを確認しに来たのか？　あ～とりあえず……どうしよう。ドローン千里眼を家の方に移動……ついてくるんだ。スピードを上げてみる。……すごいなこいつ。

えっと、本当に家までついて来てしまった。

137.　ある国の魔導師　四。

―エンペラス国　上位魔導師視点―

魔石の前で魔導師達に緊張が走る。何をしても無反応だった魔石が振動を伝えた。またなんらかの攻撃が始まるのではと体の芯が冷えていく。誰もが忘れたいと思い忘れられない記憶。その記憶に恐怖心が募る。魔石は数回にわたり振動をしたがそれ以上の変化は見せない。大丈夫なのか？という空気が流れる。誰かのため息が聞こえると部屋の緊張が解けた。

無意識に呼吸を止めていたようで、息を吐くと体から力が抜けた。床に座りこみ、何も起こらなかったことに感謝した。

魔石を見る。これまで多くの時間と人を費やして魔石について調査をしてきた。過去の文献も読み込んでみたが、この魔石がどんな魔物から出てきたのかも分かってはいない。どんな高度な魔法解析をおこなっても結果は得られず。魔石の属性すら判別できず。どう調べていったらいいのかさえ分からない。

だが、私達には調べ続けることしか許されない。それが王からの命令だからだ。

「死にたくなければ答えを持ってこい」

その言葉がずしりと重くのしかかる。

私はすでに死を覚悟している。今までのことを思うと妥当と言えるだろう。……自らの手で多くの者を死に追いやり、多くの者が死ぬと分かっていながら様々なことを王に提案してきた。今は、自分の罪に押しつぶされそうだ。……あの少女には何を今さらと言われるな。魔石によって多くの恩恵を受けて生きてきた私に、許しはけして訪れない。

だが部下の魔導師達は違う。私のような罪を犯していない者も多い。特に今の魔導師達は位的にはかなり下になる。少し前に多くの魔導師達が反逆罪で処刑された。それより下位の彼らに、死は重すぎる。なんとか助ける方法はないのだろうか。部屋の隅に祭られている三柱の神様の像を見つめる。教えてください。王が納得する、そして諦めてくれる答えを。罪を犯していない部下の命を助けることができる答えを。

部屋の扉に視線を向ける。外からカギがかけられ、騎士が護衛ではなく監視としてついている。本来なら中に入って監視するのだが、どうにも魔石が怖いらしい。何が起こるか分からないからな。魔石にかかわる我々の自由は完全になくなった。この部屋から自由になるには答えが必要となる。ただし王が求める答えが。王が求める答え以外は許されず、下手に口にすれば待っているのは反逆罪。一家すべてが同罪で裁かれる。重苦しい雰囲気の中、魔石についての文献を読み返す。私の求める答えが無いことを知りながら、それでも手を止めることはできない。全員の手が止まれば、ここに居るすべての魔導師達と家族の死が待っている。これ以上、死を作り出したくはない。

騎士の一人が部屋に入ってくる。今までの結果とこれからの方針、意味があるとは思えない報告を行うためだ。隣に座る魔導師長はずいぶんとひどい顔色をしている。もしかしたら私も似たようなものかもしれないが。会議の結果はいつもと同じ……いや、今日は魔石が振動をしたことを伝える必要があるか。ただ、振動だけなので良いことか悪いことかは不明だが。魔石の状態からいえば、けして安心できる報告ではないな。魔石を見る。あと少しで二つに割れるところまでヒビが広がっている。完全に割れてしまったら……報告は必要となる。その時は、私が王のもとへ報告へ行こう。きっと、それが私の最期の仕事となるだろう。

138. エンペラス国の王　三。

―エンペラス国　王様視点―

城が危ないだと？　逃げた方がいいだと？　この国は終わり？……何を言っている！　周りのうるさい声に苛立つ。逃げ出した者達を反逆罪として殺すよう指示を出す。家族もろともわが国には要らん！　不埒《ふらち》なことを言った者の喉を焼け！　謁見の間にいる者達の息をのむ音が聞こえた。そうだ、この世界で我こそが最強。間違うことは許さん。

「魔導師からの報告は？」

跪いた騎士からは欲しい答えが出てこない。目の前が真っ赤に染まるほどの怒りが湧いてくる。何をしている！　魔石をもとに戻すだけだろうが！　奴隷など腐るほどいる、なぜあいつらを使わない。なんのために奴隷を増やしたと思っているのだ！　無くした腕を見ると怒りも倍増される。なぜ、王である我がこんな姿をさらさねばならない。エンペラス国の最強の王である我が！

あの忌々しい攻撃。あの日から苛立ちが収まらない。

「王様、少しお休みください」

「うるさい！」

隣に来た女を蹴飛ばす。周りから悲鳴が聞こえる。我が視線を向けるとすぐに下を向いて震える雑魚どもが。

「王様、血を分けた孫になんてことを！」

「うるさい！」

近くにある何かを女に投げつける。ちょうど頭に当たったのか、そのまま床に崩れ落ちる。役に立たない雑魚が！

我が求めている答えを持ってこられる奴はいないのか。視線を壁に並ぶ貴族に向ける。どいつもこいつも視線を合わせようとしない。今まで我の力で傍若無人《ぼうじゃくぶじん》にふるまっていたくせに、役に立たん。

「は、発言をお許しくださいい王様」

一人の貴族が一歩前に出てくる。

「なんだ」

「ひっ……ぉ、お許しいただき感謝いたします。古代遺跡を、再度、し、調べてみてはいかがでしょうか」

苛立つしゃべり方だがぐっと怒りを抑える。古代遺跡。我の魔石があった場所。あの場所は我にとって神聖な場所。結界で何人たりとも、入ることは不可能にしている。

「古代遺跡か」

たしかに、もう一度調べさせるのは良い案かもしれんな。こいつは確か侯爵家の者か。古代遺跡から何か見つかれば褒美をやるか。

「魔導師長を呼べ」

それから数日後、古代遺跡の調査隊が城を出発したと報告が届いた。

三柱の神様が我に示してくれた古代遺跡。そこで見つけた魔石。我に世界の王になれとのお導きだと。……そうだ、三柱の神様が我を世界の王として認めているのだ。いかなる存在であろうと我が恐れる必要などない。そうだ、恐れる必要などないのだ。

森の王になど何ができる。他国では信仰の対象だが森の王がいったい何をしてくれた。エンペラス国にとって奇跡をもたらした三柱の神様こそがこの世界の唯一の神々。森の王などただの獣にすぎん。

「王どもは、我に何もしなかった。あれほど苦しんでいる我に！」

我の国が不作で民が死にそうな時、多くの民は森の王に祈ったではないか。なのに森の王が与えたのは少しの食料のみ。税にも足りぬ食料に我がどれほど苦労したと思う。各地に騎士を派遣して税を納めさせることの大変さが理解できんのか！　あの時代にどれだけの民が飢え死にしたと思う。

民も民だ、我の責任だと？　飢え死にしたのは森の王が食料を渡さなかったのが原因だ。不作になったのもお前達の管理が悪かったからだろうが。魔法が原因になるわけがないだろうが！　どいつもこいつも我の責任だと叫びおって。

「決まった税も納めずに愚かなことばかり叫びおって！」

苦しんでいる我に追討ちをかけるように川の氾濫《はんらん》。民はうるさく食料を分けてくれと言うが、我が飢えたら国が終わるだろうが！　大変な時期に反逆者どもの対処も重なり本当に大変だったのだ。すべて森の王が原因だ！

三柱の神様は違う。我の祈りを聞き届けてくれた。大地を変えてくれたのだ。今までにない豊作となり多くの民が我にしっかりと税を納めることができた。なんと喜ばしいことか。

あの時に理解したのだ。この世界の唯一の神が三柱の神様なのだと。森の王の存在など意味がないと。

此度も三柱の神様が我を助けてくれる。かならず。もう、獣など必要ない。

139. 掃除屋です。……落ち着け俺！

雪が解けるほどではないが、少し暖かさが感じられる季節になった。朝の見回りが楽になる。

エコのいる湖にいく途中に広場が見える。うん……みんな元気だよな。朝から魔法は駄目だとなんとか理解してもらえたみたいだ。この冬、一番に頑張って伝えたことかもしれない。俺が、この世界の言葉を話すことができたらなぁ～。スマホの通話アプリが欲しい。いや、日本には犬の気持ちがわかる玩具があったはず。あれでもいい……あ、あれは駄目だコミュニケーションはとれない。魔法でなんとかなるものなのか？……全く思いつかない。妹みたいに漫画やドラマの知識があれば思いつくのかもしれないが。もう少しまともに妹の話を聞いておくべきだったか。……興味がないことを聞いたからって覚えるか？　無理だろ。

この世界では俺の仕事も役に立たないしな。仕事は掃除屋……ゴミ屋敷の。掃除に行ってすごく綺麗な人が出てくると、最初は驚いたよな。ゴミから想像できる食生活にドン引きしたり。㊙扱いの掃除が依頼できる会社だったから……まぁ楽しかったな。ご近所にばれないようにゴミを梱包して運び出すとか。掃除屋ってばれないように服とか変えたり。逆にものすごく高級な掃除屋になったりと……面白かった。そうだ、俺のお得意様って誰が引き継いだんだろう？……まぁいいか。

お、トカゲ達が勢ぞろい。今日はエコの前も賑やかだな。ドローン千里眼についてきた子も知っている子だったようだ。すごい軽いイメージのあるトカゲで、つかみどころがない魔力なんだよな。

……あれ？　エコに近づくと綺麗な魔力がトカゲ達を覆っているのを感じる。魔力の流れを見るとエコから出ているようだ。何をしているんだ？　様子を見ていると、突風が吹いた。目を閉じて風が止むのを待つ。

「ふぅ」

トカゲ達をもう一度見る……トカゲ……？……まじ？……トカゲでは、ないな。え……まさか……この形って……龍ですか？　お寺の天井とか、屏風《びょうぶ》で見る龍だよな。いや、あれより愛嬌がある顔つきだけど……本物？……龍なんて……。……えっと、おちつけ、そうだ……おちつけ。異世界だもんな、龍がいてもおかしくはない。うん、龍がいてもおかしくはない。……龍の子供時代がふわふわってておかしくないか？　違うだろ！　そうではなくて、いやふわふわとかマシュマロが龍の子供時代としては違和感はあるが。今はそれが問題ではなくて……何が問題になるんだっけ？　成長スピードが速すぎる……て、今はこれでも……いや、これが問題か？

落ち着け！

この世界には龍も存在している。そこまではＯＫ。で、目の前にいるのは龍だ。これも、間違いない……見た目が龍だもんな。ふわふわ、飛びトカゲ、マシュマロ、あとは赤い毛糸玉とか、新しくきた子。仲間だ。

よしっ！　ちょっとは冷静になれた……はずだ。

目の前の小さい龍達を見る。小さいと言っても俺よりでかいがな。教科書で見た龍よりは小さい。綺麗だな。トカゲの時にも鱗はあったが、今のように光沢はなかった。毛糸玉の時は鱗がなかったしな。龍になってからは鱗に光沢があるからか優しい光に包まれているみたいに見える。うん、綺麗だ。

……龍になっても仲間でいられるのだろうか？

龍は孤高のイメージがある。もしかしたらここでさようなら、とか？　一匹の龍が近づいてくる、ちょっと緊張する。頭が近くなったので……いつものように撫でてみた。……問題はないようだ。気持ちよさそうに目を閉じている。この薄青い鱗に感じる魔力はふわふわか。マシュマロも、飛びトカゲも近くに来て頭を下げて撫でさせてくれた。よかった。順番に撫でていくと残りの二匹も近づいてきた。赤い龍は赤い毛糸玉の子で、鱗がオパールのように輝く子が一番新しい子だな。順番に撫でる……気持ちよさそうだ。問題はなし。

……あ、名前が見た目からして違いすぎるし、トカゲって……。

140. 名前暴走……外に出たい！

大盛り上がりです。龍達とウッドデッキに戻ると仲間が勢ぞろいしていた。皆……龍だと知っていたのか。くっ、コミュニケーションが取れない弊害が……。仕方がないとはいえ……はぁ。あ、獣人の子供達は二人とも驚いている。お仲間発見！　ホッとするけど、大人としてちょっと情けないな。言葉の壁はでかいよな。

とりあえずは名前の問題なのだが。三匹とも気に入っているみたいなんだよな。飛びトカゲなんて違う名前を付けたのに無視されたしな。たしか、マシュマロも……。駄目だ、変えられる気がしない。このままで大丈夫か？　まぁ日本語だから意味は分からないしな。あとは赤い色の毛糸玉と水色の鱗の子か。……なぜ毛糸玉で反応をするかな。違うぞ、確かにちょっとその名前で呼んではいたが。火龍だったら、もっとかっこいいほうが。紅蓮、確か炎の色を意味するよな……グレンは？　反応してほしい。グレン、グレンは嫌？……毛糸玉……そうか、毛糸玉か。

「なぜだ、音の響きでもいいのか？」

気を取り直して、もう一匹は……？　ふわふわは水、飛びトカゲはおそらく土、マシュマロは雪、……毛糸玉は赤だから火か。予想になるが水龍、土龍、雪龍？……氷龍のほうかな、で火龍だろう。

残ったこの子はなんだ？　色からいえば水色のオパールのようなんだが。水色、ふわふわより淡い色だな。ん？　今この子、何かに反応した？……気のせいだよな、たぶん。俺が他にも知っている龍と言えば、雷龍と風龍なんだが。風龍かな……魔力がなんとなく風のイメージに近い。風龍なら早く吹く風でハヤテがあったな。ハヤテ、ハヤテ……いまいち反応がないな。ハヤテ、駄目？……駄目か。風……風……色から？　水色……反応しないでお願い。さっきはスルーしたけど、やっぱり反応している水色に。いや、期待された目をされても……。水色？……まじか。

龍達の名前が決まった。ふわふわ、飛びトカゲ、マシュマロ、毛糸玉、水色。……音か？　響きか？　気に入る要素はどこなんだ！

森の外に出たいです。ならばどうすれば出られるようになるのか。結界があるようには感じなかった。魔力探知で違和感を感じなかったからな。あと、考えられることは……呪いかな。森に呪いが充満していたため、誰かが外に出さないように封じた？　日本にも岩に悪霊を封じたとかいう昔話あるよな。この世界にもあるのか？　あるかもしれない。森から呪いが完全に消えたら封印もなくなるかな？……やってみるしかないか。

「よしっ！」

できるかな？　いや、やるしかない！　えっと、まずは森を全て覆うようにイメージ。……広いな……ドローン千里眼を使ってみるか。上から……むり、広すぎる、見えなくなる。これ、以前も挑戦したな……馬鹿だ。……やり直し。あ〜封じている壁を利用してみよう。魔力をぶつけるのではなく封じている壁に沿わせるイメージ。大丈夫、イメージできた。上も魔力で覆って……あとは土の中だけど。染み込ませて、染み込ませて……結構深くまでイメージができたな。

「ふぅ～……浄化」

すごい、久々に膨大な量の魔力が一瞬で消えた感覚がした。……でも、なんだろう。ものすごい勢いで魔力が補充されていく感覚もする。これは初めてだな。……面白い感覚だなこれ。

って、上手くいったのか？　あれ？　なんだか周りにみんなが集まっているけど何？……あ、そうか。浄化の魔法はすごい光を発したりするから、びっくりしたのかも。ごめんよ。

さて、森の外に出られるようになったかな？　魔力を一気に森の外に飛ばすイメージ。

……弾かれた。

呪いが森に残っているのか？　ドローン千里眼を飛ばして森を調べる。呪いから感じていた不快感をどこにも感じない。洞窟の奥とかに残っているとか……あるかな。

もう一度、木々の葉の先から洞窟の最奥、湖の水の一滴まで、細かくイメージを作って。

「浄化」

出られない……なんでだ～！

141. ある国の騎士　八。

―エンペラス国　第一騎士団長　団長視点―


「ご苦労様」

「これぐらい問題ありません、俺は団長の右腕ですので」

右腕か。第一騎士団の副団長補佐でありながら、俺の本当の目的を知ってなお付いてきてくれた大切な仲間。随分と苦労を掛けていると思う。団員の調整、選別、物資の準備……苦労を掛けすぎだな。

今回の古代遺跡の調査はいい機会だと思った。我々の罪に付き合う必要のない若い者達を逃がす方法として。そして表の調査団ともう一つ、調査団を支える一団を用意した。こちらは城に仕える若い子供達、貧困層から連れてこられた子供達の一団だ。名目は生活の補助……かなり無理があるがなんとかなったな。

たしかに王は恐ろしい存在だろう。だが、この城の中にいるすべての人間が経験したのだ。この世界の王の力というものを。姿を見せることなく力を振るえる恐ろしさを。そして噂話にすら反逆罪を行使する王の姿が拍車をかけた。王は気が付いていないようだが、あの姿は怯えているとしか見えない。現実に怯えているのだろう。

ノックの音と共に友人が部屋に入ってくる。以前に比べるとずいぶん穏やかな顔をしている。だが、俺と視線が合うとしたり顔をして報告をしてくる。

「調査団は無事に安全圏まで出たようだ。ついでに奴隷棟への道を封鎖して例の道をあけてきた」

「ありがとう」

安全圏まで出れば彼らは安心だな。今、逃げた者達がいるとばれても、すぐに追手は追いつけない場所だ。失う必要のない命を失わずに済む。奴隷達もおそらく逃げることができるだろう。

ここ数日で心を取り戻している奴隷達が目に見えて増えていた。原因はどうでもいいことだ。彼らの逃げるチャンスが広がることの方が重要。檻の鍵を壊してある。道を示す地図も見えるところにおいてある。奴隷の監視達には奴隷にかかわると森の怒りを買い次は死ぬと噂を流した。実際に攻撃を受けているのが効いたのだろうな、奴隷棟には誰も近づかなくなった。そして内密に作った城の外に通じる道への扉を友人は開けてきてくれた。まぁ奴隷達は俺の部下がうまく誘導して城からなるべく遠くに逃がしてくれるだろう。この日のために少しずつ俺は仲間を増やして、準備をしたのだから。王にはけしてばれないように。第五騎士団が送り込むスパイにも気を付けながら。

「魔導師達はどうしている？」

「他の団長が調べてくれた。どうやら軟禁状態で魔石を調べさせられているようだ」

「いい加減、諦めたらいいのにな」

部下の言葉に友人と笑ってしまう。それができればここまでひどいことにはなってはいないだろう。しかし第二騎士団の団長と部下がこちらに付くとはな。だが、調査団の護衛としては心強い。

これからのことを考え……剣に手を置く。この国を変えるために。

不意に城全体に白い光がふりそそぐ。部屋の中も真っ白に染まり目がちかちかと点滅する。

「団長」

「大丈夫だ、落ち着け！」

森からの攻撃か？　体が押しつぶされる記憶にぐっと緊張する。視界が元に戻るころには部屋は元の状態に戻っている。体に違和感もない。

「何が……？」

城が異様に静まりかえっている。おそらく誰もが恐怖で動けないのだろう。一つ大きく深呼吸をする。心臓がおかしなほど早くなっていることに少し笑えた。

窓から外を確認する。城から逃げ出す兵士達の姿が見える。

「どうする？」

「予定通りに」

友人の声に剣を手に持ち部屋を出る。森からの光に驚いたが、すでに準備は整っている。あとは実行するだけだ。今日、元凶を打ち取って全てを終わらせる。

あっけなく着いた王の寝室。覚悟をしていただけに拍子抜けしてしまう。先ほどの森からの攻撃で誰も我々の動きに注意を払わず、止められることもなかった。城の警備兵としては考えさせられるが今日は助かったな。先ほどの攻撃は俺達を助けるために？……まさかな。

142. ある国の魔導師　五。

―エンペラス国　上位魔導師視点―


古代遺跡の調査団に参加させる魔導師の名簿を見て違和感を覚えた。全員が魔導師になったばかりのもっとも下の位の者達だからだ。理由を探ることはできるだろう、だが書類を持ってきた第一騎士団の団長の顔を見る。その顔を見て、何も言わず承諾のサインをした。何かが起こるのだろう。それを止める権利は私にはない。

魔導師長も私以外の二人の上位魔導師も気が付いているだろう。だが、ただ静かに調査団に選ばれた魔導師達を見送った。こんな私にも守れる命があったことに、涙がこぼれた。

魔石の調査は一向に進まず。どの顔にも苦渋の表情が見えてきている。

「潮時なのかも、しれんな」

魔導師長の静かな声が聞こえた。大きく息を吐き出して肩から力が抜けた。分かっていたことだ。だが、私は自分の命をまだ惜しいと思っているらしい。これからを思うと恐怖で体が震えそうになる。そんな資格はないというのに。

「そうですね。もう終わりにしましょう」

王はけして我々を許さないだろう。だが、それでも言わなくてはならない。王の時代は終わるのだと。その結果、王に殺されるのだとしても。

不意に光が部屋を真っ白に染め上げる。眩しさにギュッと目を閉じて腕で目をかばう。そうしてもなお目がちかちかとする。どれくらいそうしていたのか。徐々に光が収まりだす。そんな時、部屋にビシッと言う音が響いた。何かの攻撃かと全身が硬直するが、特に異変が起こることもなく。部屋は静寂に包まれた。

瞼《まぶた》をあけて数回瞬きをする。ようやく目の違和感がなくなった。ホッと安心すると部下の叫ぶ声が部屋に響いた。驚いて叫んだ部下に視線を向けるが真っ青な顔で震えている。部下が見ている方を見ると魔石がある。

……真っ二つに割れた魔石が。

とうとうこの時が来たようだ。不意に体に重みが増す。……そうか、そうだな。

魔導師長がその場に座り込む姿が映る。ゆっくりと近づく。視線が合うと驚いた顔をしたが、すぐに納得したように頷いた。二人の上位魔導師達も自分達の異変を静かに受け止めたようだ。魔導師長が近くに座り、私の手をギュッと握った。そこに力はなかったが。

私は三人に静かに頭を下げてゆっくりと部屋の外へと向かう。

部屋を出ようとするが鍵がかかっている。扉をたたくが気配を感じない。魔法で鍵を壊し扉を開けるがそこには誰もいなかった。今の光に恐れて逃げ出したのだろう。……よかった、今の私では彼らを倒すことは不可能だ。

王の寝室の扉まで邪魔が入ることなくたどり着く。今の私にはよかったが、笑ってしまう。王を命に代えても守ろうとする者が一人もいないこの現状に。

扉を数回たたき声をかけることなく扉を開けて中に入る。王の寝室だけあって広いが、今は部屋中に物が散乱している。その中に王の孫である王女の姿があった。その顔を見てすでに亡くなっていることを知る。近くに座り込む王の姿が見えた。怖い、恐ろしいと思っていた。だが、今は何も感じない。王に近づこうとすると後ろで扉が開く音がした。

視線を向けると第一騎士団の団長と副団長補佐だったはずの男。そして、第四騎士団の団長の姿があった。その手には剣が握られている。王を守るためでは……ないだろう。私と視線が合うと三人とも驚いて動きを止める。ふっと笑ってしまう。今の私はどれほどに醜くなっているのだろうか。

「上位魔導師の……」

半信半疑なのだろう、だが私の着ているもので判断したようだ。

「魔石が完全に割れました、その結果ですよ」

「結果？」

「王を含め我々は魔石の力で老いる時間を遅らせた」

魔石を使い王の寿命を延ばすため、老化を止める方法を探した。だが、その方法は見つからず、時間が無情に過ぎた。なんとか我々が為し遂げたのが老化を遅らせる方法。王は納得はしなかったが、時間稼ぎにはなると判断。魔導師長を含む四人の成功を確認したのち王は老化を遅らせた。

老化を遅らせる条件は、絶えず魔石から再生魔法の魔法陣を通して魔力を供給されること。魔石が割れたことでその供給が止まった。つまりは遅くしていた老化が進みだしたのだ。それでも老化はゆっくり進むと思っていた。だが……。

「……老いが一気に戻ってきたようです」

しわがれた声が自分の声と一瞬気が付かなかった。口に手を当てようとしたが視界に入った己の手に動きが止まった。皺だらけの骨と皮だけの手。

「我は王だ……この世界にたった一人……の……神が……みと、め、た……王……」

部屋に私以外のしわがれた声がかすかに聞こえる。そちらに目を向けると、顔中皺だらけの目だけが異様な光を見せる怪異な姿の王が居た。……私もあんな姿なのだろうか……まるで化け物のようだ。いや、化け物なのだ。人の皮をかぶった化け物。

呼吸が苦しくなり、その場に倒れ込む。全身が悲鳴をあげているが、口からは激しい呼吸音だけ。体の中の骨が砕けるような音が聞こえる。余りの息苦しさに喉に手を当てようと、なんとか腕を持ち上げるが途中で腕がボトッと下に落ちた。

すっと意識が遠くなった。

143. 第四騎士団団長　四。

―エンペラス国　第四騎士団　団長視点―

王の寝室に入ると異様な存在が居た。上位魔導師の衣をまとっているが、人なのか怪しい化け物の姿がある。

「上位魔導師の……」

友人が目の前の存在に声をかける。これが彼らのうちの誰かだと言うのか？　こんな……存在が？　見えている皮膚はどす黒く、皺が無い場所がなく。余った皮膚が垂れている。目だけが異様に大きく見えて、鼻の位置もおかしい。

「魔石が完全に割れました。その結果ですよ」

「結果？」

かすれた声が耳に届く。魔石が割れたことにも驚いたが、それ以上に目の前の異様な存在が気になる。どうしてこんな姿になっているのか。話している声がかすれたものから、どんどんしわがれた聞こえづらい声に変わる。聞いた内容にも驚いたが話している間にも変わるその風貌《ふうぼう》に恐ろしさを感じる。

どこからかもう一つ。しわがれた声が聞こえるが、その意味が聞き取れない。あまりにも、かすれすぎている。

視線を彷徨わせて音の発生源を探すと少し離れたところに、上位魔導師と同じような存在がいることに気が付く。……あの服は……では、あれが王？　恐れていた王の変わりすぎた姿に息をのむ。

友人も俺も動くことができない。覚悟を決めて王の元に来た。未来を変えるために。だがこれは想像をしていなかった。

どうするべきなのだ？

目の前の上位魔導師が床の上に倒れ苦しみだす。少し離れた場所に居ても、何かがボキッと折れるような音が聞こえる。その姿と音に一歩足が下がる。恐ろしい。だが、視線を外すことができず見ているといきなり首が床に転がった。

「ひっ」

第一騎士団の副団長補佐の口から小さく悲鳴が飛び出す。俺も情けないが小さな声が漏れた。ガタッと何かが倒れる音がする。そちらに視線を向けると王が床の上でもがいている姿が映る。逃げようとしているようだが、ほんのわずかしか動けてはいない。我々がとどめを刺さなくとも、王は確実に死ぬだろう。これがエンペラス国の王の最期なのか。こんな化け物のような姿になって王は死ぬのか。……こんな。

すっと王に近づく存在に気が付く。王の孫娘の一人だと言われている姫だ。実際は奴隷妻の一人だろう。手がすっと上に上がるのを静かに見ていた。

「あ」

誰の声だったかは分からないが、その腕が振り下ろされると同時に王の首が床に転がった。

「これで守ってあげられる」

王女からか細い声が聞こえる。王の奴隷妻として、どれほどの苦しみがあったのか。私には分からない。ただ、静かに涙を流す姫の表情は本当に優しく。今、王の首を刎《は》ねたとは思えないものだった。

王は王座を争った兄弟だけでなく、血縁者の男性を反逆者として処分した。その際、女性は全て王が作った奥の宮に監禁され、奴隷紋を刻まれ妻とされた。反抗した妻には見せしめとして、かなりひどい行為がなされたらしい。

奥の宮のことはほとんど表に出てくることはないが、それでも噂は流れる。刃向うことを一切許さず、血縁者にもけして情けをかけない。それが王城すべてに知れ渡ったのは、王子が生まれた時だ。王は生まれた子供が王子だと分かると、すぐにその子を殺すように指示を出した。世継の心配をした周りに激怒した王は、王子を連れてこさせ目の前で殺して見せた。それからは王子が生まれると、その日のうちに処分され、王女が生まれると、一〇歳の誕生日に奴隷紋を刻まれ新たな妻として奥の宮から出られなくなる。奥の宮から出られるのは王がそばに呼ぶ時だけ。いつしか奥の宮の妻達を奴隷妻と呼ぶようになり、王はそれを否定することはなかった。

どれほどの命が奥の宮で失われたのかは知らないが、王が死ぬことで少しは傷ついた心も癒されるだろう。

友人が王の近くに落ちた王冠を手にする。

「行こうか」

部屋を出て廊下を歩く。道行く兵士や騎士は友人が持つ王冠を見て一瞬だけ固まり、次に安堵の表情を見せる。あっけない王の死。誰にも守られず、妻と言う存在に殺された最強と言われ恐れられた王。

「あっけないものだな」

ついつい言葉が口からこぼれてしまう。ふっと友人の笑う声が聞こえる。

「これからが大変だろう。我々は今まで虐げてきた奴隷達と森の者達に許しを請わなければならないのだから」

「……許されるのか？」

「許されるまで、それが我々、私の償いだ」

144. エンペラス国の王　四。

—エンペラス国　王様視点—

ワインを飲むが気が晴れない。無くした腕を見る。どうして、我がこんな目に遭わなければならない。調査団はいつ帰ってくる？　魔石の替わりは見つかるのか？　いや、見つかる。我が求めているのだから三柱の神様がきっと。恐れる必要などない。恐れる？　我が恐れるだと！　目の前にあるグラスを壁にたたきつける。少し離れたところに居た二人の女が悲鳴をあげるがそれすら苛立つ原因となる。睨み付けるとぐっと体を小さくして震えている。そうだ、我はこの世界で最強の存在。恐れ敬われる存在だ。何を恐れる必要がある。我こそこの世界の王なのだ！　目の前にある机を蹴飛ばす。近くにあった椅子にぶつかり大きな音を立てた。

「我に恐れなどない！」

苛立ちが増していく。けして恐れや不安ではない！　周りの者達が我の命令を遂行できないことへの苛立ちだ。恐怖など我には存在しない！

「ワイン！」

隣にいた女がすぐにワインを取りに部屋から出ていく。なぜ準備をしていないのだ！　侍女はどうした？　クソッ役に立たんな！　部屋にいるもう一人の女に視線を向ける。

「暇だ何か余興をしろ」

「え……」

「早くしろ！」

「っ、はい」

踊りを始めるが……なんだそれは。踊りになっていないではないか！

「踊り一つまともにできんのか！」

なぜ我の周りにはこんな屑しかおらんのだ！

「我の尊い血を引いていながら、なぜ役に立つこと一つできん！」

近くにある本を投げつける。体にあたったのか、バコッと音がして倒れ込んだ。

「王様、お許しください。お許し」

「黙れ！」

倒れ込んだ女の元に近寄ると恐怖からか、がたがたと震えている姿が見える。俺の血を引きながら無能な存在になるとは、こいつに生きる価値があるのか？　子を産ませれば男など生みやがって。

……ゴミが。忍ばせてあるナイフを取り出す。ゴミはいらん。恐怖に目を見開き、口から血を吐く姿に少し気が晴れる。笑い声が部屋に響くと部屋が真っ白に染まる。その眩しさに目をつぶるが恐怖で体が震え床に崩れ落ちた。

死にたくない死にたくない死にたくない死にたくない死にたくない死にたくない。

どれぐらいの時間がたったのか、分からない。体の震えが収まらず掴んだ机が、がたがたと音を立てる。視線を部屋に彷徨わせる。

こわいこわいこわいこわい。

なぜ、こんな時に誰もそばにおらん。我の騎士はどうしたのだ！　どいつもこいつも！

床に手を置き、立ち上がろうとするが、視界に入った手を見て動けなくなる。……なんだこれは。

我の手はどうなっている？　なんでこんな……何が。張りのあった手が、黒ずんで皺が刻まれ骨と皮だけのような醜いものになっていた。

目の前の現実を受け止められずにいると、扉のたたく音と開く音。扉に視線を向けると化け物が居た。なんだこいつは、なぜこんなモノが我の部屋に入ってこれる。騎士は何をしている……なんだ？　この化け物は、なんなんだ！

扉が再び開く音がする。我の騎士が部屋に入ってくるのが見える。ようやく来たか、あとで罰を与えねば。早くその化け物を。

「上位魔導師の……」

何？　この化け物が？　そんなはずは……魔石が割れた？　ありえない、あの魔石は三柱の神様が我に授けてくださったもの。

みとめない、ちがう、ありえない、ちがう、ちがう。

こいつは嘘をついているのだ。何をしている！　早くその化け物を殺せ！

我は神が……みとめた……神に認められ……たった一人の王。

床に転がる上位魔導師と呼ばれた化け物の顔。見るに堪えないほど崩れた顔。……我は違う、我は認められた存在、だからちがう。

こわいこわいこわいこわいこわいこわい。我は……死ぬはずがない、我は……世界の王に……。こわいこわいこわいこわいこわいこわい。死にたくない死にたくない死ぬはずがない……死ぬのは嫌だ！

三柱の神様よどうか！

目の前に妻がいる。その眼を知っている。我を憎む目だ。

なぜ……どれいも……ん……傷……つけ……られ……。我は……王……せかい……の……。

145. 森の境界線……壊してやる！

森を数日にわたって調べた。呪いは消えている。……森の外には相変わらず出られない。……ムカつく！　周りにあたっては駄目なのでぐっと我慢して。はぁ～でもなんでだろう。森の境界線にまで行ってみるか。自分の目で確かめるのは大切だからな。何か分かる可能性もあるし。走っていくのは……遠いが頑張ろう。家の外に出ると広場ではいつもの光景が広がっている。それにささくれ立っていた感情が少し落ち着く。

「よし！」

コアが空を走っております、俺を背にのせて。

森の境界線にまで行こうとすると、コアが邪魔をした。びっくりした。今まで俺の邪魔をすることはなかったからだ。で、どうしようかと思っているとしゃがんで背を見せる。これは乗っても良いということだろうか？　試しに乗ってみると正解だった。立ち上がって空を駆けだす。何も言っていないのに、どうしてか俺の行きたい方向へ走り出す。ありがとう、……なんだお前達も一緒に来るのか？　周りにはコアと同じ種のオオカミ達。……やばい、子供達が成長したから見分けが……。……えっと、あっちは子供で、いや、あれが子供……。今は気にしないことにしよう。

コアのサイズは背に乗っても安定している。まぁ首に腕を巻きつけて、落ちないように踏ん張っているが。注意は首を絞めないこと。何度か失敗をしてしまったからな、申し訳ない。

やはり森は広い。夜になっても森の境界線にたどり着けない。途中で休憩をしながら翌日の朝方にようやく目的の場所へ。ドローン千里眼で見た森の外へ続く道がある場所。獣人だろうか？　誰かが居た形跡が見られたのでここにした。道を歩いて外を目指してみる。

バチン。

……痛い。やはりダメか。仲間がものすごく心配そうにこちらを見ている。大丈夫。

閉じ込められていると思うとムカつくな。それにコア達が近づかないし、俺が壁に近づくと毛が逆立っていた。あれは恐怖からだろう。何度か痛い思いをしたことがあるのかも。よし、絶対に森から出られるようになってやる！　と言ってもどうするべきか……。見えない壁か。壁を壊すとなると、巨大な玉？　テレビで見たことがあるな……あれはなんかの事件だったか。他には、ダイナマイト……無理。最初から考え直そう。巨大な玉を魔法で作ればいいのか。風を凝縮して作った塊を何度かぶつけてみるか。魔力を思いっきり詰め込んだ塊を何度もぶつければ壊れるだろう。ただ、俺の目に壁が見えないのが問題だよな。ぶつける場所が変われば負荷が分散してしまう。……数個作ろうとしているものを一つ強力な塊にしたらいけるか？　やって結果を見るしかないな。

ふ～壁に向かって掌を。とりあえず一発。

バチッ！

よし、攻撃しても攻撃が跳ね返ることはないんだな。跳ね返ったら怖いからな、ちょっと安心。それに当たった瞬間に何かが見えたような気がする。気になるが、今は壁を壊すことだけを考えよう。

絶対に壊す！　掌を壁へ向け、掌の少し前に風の凝縮した塊を作る。どれくらいの力が必要なのかが分からない。もっと……もっと……もっと。俺を中心に風が渦を巻いている。まだ、足りないかも。もっと魔力を詰め込んでみよう。魔法は想像力も大事だったな。壁が割れる想像でもしたらいいのか？　ま、想像するのはタダだしな。ガラスにボールがあたったイメージを風の塊にのせて、

「ッ壊せ！」

バチ……バチバチバチ……ビシッビシビシビシ……。

音が聞こえる。少しすると音が変わる。音が変わった瞬間に目の前に見えていなかった半透明の壁が現れる。さっき一瞬だけ見えたのはこれか。攻撃が当たった場所にヒビが入ったのが見えた。そのヒビが無数に広がっていくが止まってしまう。見えた壁のヒビに蹴りを入れる。ヒビがあれば、あと少しの衝撃で壊れるはず。

ガッシャーン！

壁が光って本当にガラスのように割れて下に落ちてくる。驚いたが落ちる途中で壁の欠片は光を発して消えていく。目の前に落ちてきた壁の破片に手を伸ばす。

「掴めた……あれ？」

消えると思っていた壁は、つかんだ瞬間に光が消え、ガラスのようなものに変わった。思っていた結果と違うとビビるよな。俺がビビっている間に手の中の物以外の破片が消えた。

はぁ、とりあえず壁は壊せた……はずだ。光の玉を出して道に沿って森の外へ。妨害されることなく外へと出られたようだ。深呼吸して一歩。その横を一緒に来ていたコア達が通り過ぎていく。尻尾がすごく揺れているのが可愛いな。

146. また、お前らか……被害者です！

森の外だ！……田舎って感じだが、森の外！　コア達もちょっと興奮気味だ。この世界って……。

『壊れてる～……なんで』

『どうするんだ！』

『お前、壊れるわけないって言っただろうが』

ぅわ、びっくりした。いきなり声が聞こえるとか、どんなホラーだよ。周りを見るが誰もいない。何だ？　どこから声が？　知っているような声なんだが。

『やばいよ、壁がなくなったから神獣の力が外に』

『もう一度、壁を』

『無理だ、膨大な神力が必要だし、俺達の神力は封じられている！』

……しんじゅう？　しんりき？　もう一度、周りを見渡す。何もいない。ただ、声だけが聞こえる。この状況、以前にも経験がある。俺がこの世界に落とされた時とか……。それにこの声、あの

時の馬鹿見習いの三人の声に似ている。まさか、またあいつらの何かに巻き込まれているのか？

『壊した奴ってどれ？』

お前にどれと言われる筋合はない。ぐっと手に力を入れる。右手に違和感。そういえば壁の一部を握っていたっけ。

『誰だこいつ、どうしてフェンリルと一緒にいるんだ？』

フェンリルって？　コアのことか？　隣に座っているコアを見上げる。……フェンリルっていう種類のオオカミなのか？　何かかっこいいいな。頭を撫でてみる、気持ちよさそうだ。……フェンリル？……妹の話に出てきたことがあるような……？

『あ、魔石が！』

『なんだ？』

『ちょっと、なんで割れてんだ！』

＜ませき＞と言うものが割れているらしい。何がどうなっているのかは、分からない。ただ声は間違いなくあの諸悪の根源の三人だ。俺が死んだ原因でこの世界に落とされた原因。コア達が森から出られなかった原因も、こいつららしい。

『どうするんだよ』

何か知らないが、諦めろよ。

『ばれたら今度こそ神力だけでなく見習いもできなくなる』

俺を巻き込んだ失敗で＜しんりき＞と言う物を取られたのか？　見習いもできなくなればいいと

思う。

『なぁこいつ、こいつを使えば』

こいつって……俺だよな。間違いなく、俺のことだよな。イラつくな。魔力が揺れたのかコアが心配そうに俺に視線を向ける。

ふぅ～ありがとう。コアは……あぁコア達は皆優しいな。魔力の揺れで他の子達も俺を見ていた。顔は怖いが心配そうな顔は分かる。落ち着こう。

『そうだよ、こいつ人間みたいだし……あれ？　人間か？』

人間ですよ。それ以外の何に見えるんだ。それにしてもこいつらの話から推測して、すでに何かをしでかした後のようだ。なんだろう。

『どうでもいい、こいつに俺達を』

『何をしておるか！　消えた神獣の気配を感じて来てみれば！』

『ぁあ～』

見つかったみたいだな。そしてこちらの声も聞き覚えがある。勇者召喚の時に聞いた、神様の声。

『なんだ、この世界は！』

『あの神様、これは……』

『まさか、お主らが世界の実を盗みだしたのか！』

なんと盗みまでしていたらしい。いろいろとやっちゃってますね。ところでこれってずっと聞いていて、いいのかな？　どうして聞こえてくるのか分からないので、どうすることもできないが。

『違うんです』

『何が違う！』

『うまくいっていました、世界はちゃんと回っていたし』

『……神獣を閉じ込めて、神獣から盗み取った力を利用してか？』

『あ……』

なんていう奴らだ。しんじゅうって神獣？　それってふわふわとか龍達のことか？　日本でも特別な存在だが、この世界でも？……ふわふわ達を閉じ込めて、力を勝手に使ってたってことか？

なんて奴らだ！

『……ところで、話を聞いておる者がおるようじゃが』

ばれていたようです。ちょっと怖いな。

「すみません。そこの馬鹿……見習い三人の被害者です」

『は？　嘘をつくな！』

『黙れ！』

すごい声、威圧感っていうのか？　びくっとなってしまった。

『被害者とは？』

「三人が行った勇者召喚に巻き込まれ、この世界に放り出された地球の人間です」

『『『え！』』』

すごいな、声がそろった。というか、誰も気が付いていなかったのか。そうかなとは思っていたけどムカつく。

147. この世界とは……俺。

コアに鼻先でつつかれる。体が大きく揺れるから、やめて。コアのツンツンってドンって感じになるから。急に声を出して心配したのか？　もしかして神様達の声が聞こえない？

『すまない、地球の者。少しこの世界を調べてから、もう一度話がしたい』

「分かりました。家に戻っています」

『家？』

「えぇ、森の中で仲間と生活をしています」

『そうか、すまないな』

『あの……』

見習いの一人が神様の話の邪魔をしているが大丈夫か？　空気を読めよ……俺は読まないが。

「……何か？」

『なんで生きて……』

「は？」

『ば、馬鹿！』

……よし、聞かなかったことにしよう。聞きたい気もするが、ものすごく疲れる答えしか返ってこない気がする。あ、これは聞いとこう。

「神様、一つお聞きしたいことが」

『なんじゃ？』

「どうして神様達の声が聞こえるのか不思議で」

『ふむ、こやつらが作った何かに触れてはいないか？』

「触れて？」

手の中の物を見る。壊した壁の欠片をしっかりと握りこんでいる。

『あったかの？』

「はい。神獣を閉じ込めていたと思われる壁の欠片が。ありがとうございます」

今一番気になることも分かったし、帰ろう。コア、家に帰ろう。なんだかとても疲れてしまった。

あ～コアの背中って癒される。ゆっくり走ってくれているので、風が気持ちいい。帰りもコアの背中で楽ちんです。二日かかって帰ってきた我が家。家が見えたらほっとした。

あ～農業隊が種まきしている。もうそんな季節か。……しまったマシュマロの地下に雪！　今からでも間に合うかな……。

コアから降りてとりあえず雪！……え？　遠くから飛んでくる姿が見える。あれは龍だよな。うん、間違いなく龍だ。巨大化しているけど、なんで！　あ、そういえば神獣の力を閉じ込めて利用って……。神獣の力が戻ってきたのか？　だから成長を？……一〇メートルぐらいはあるよな。巨大な姿で畑を気にして慎重に降りてくる姿って……面白い。マシュマロだ。雪がないけど……大丈夫なようだ。飛びトカゲ……以前と同じようにすり寄ると転げるから！　君達かなり成長しているから！　加減して加減！

農業隊、子アリ、ちびアリ、子蜘蛛、ちび蜘蛛。種まき、ありがとう。畑のアメーバも。ただいま、心配かけてごめんよ。

獣人の子供達も走って家から出てきてくれた。懐いてくれたな～。

さて、バーベキューでもしようか。……龍達のサイズは自由自在なのか。バーベキューの言葉で小さくなれるなら家に帰ってきた時に小さくなってほしいな。カレン、止り木に止まる時は火を消さないと、また止り木が燃えるから！　一つ目さん、少しは俺にも仕事させて！

「待たせたの」

「どちら様で？」

仙人がいる。これぞまさしく仙人という雰囲気と風貌をした人物。こんな知り合い、いないんだが。あ、日本語だ。

「……神なのだが」

「……それはすみません」

とりあえず目の前の椅子に座ってもらう。一つ目が果実水と果物のお皿を持ってきてくれる。何があったのかは知らないが、ずいぶんとお疲れのようです。

「そなたのことは確認が取れた」

「そうですか」

「すまなかった。勇者召喚のこと、この世界に閉じ込めたこと」

なるほど、俺は閉じ込められていたらしい。……知らない事実って怖いな。

「見習いどもはこの森に落とせば……適応できずにそのな……」

「あ～分かりました」

つまり俺は、殺すつもりでこの森に落とされたということか。目撃者を消すって感じかな……神様見習いだよな？　そんな視線を向けてしまったらしい。神様が大きなため息を吐いた……ご苦労様です。

「この世界のことじゃが、あれらが勝手に造ってしまった世界でな」

「そんな簡単に世界は造れるので？」

「世界の実が創造主によって造られておる、それを盗んだのじゃ」

世界の実があれば世界を造れるのか。簡単に盗めるのか？　それは怖いな。

「神様見習いだけが入れる場所だ。盗まれるとは考えてなかった」

神様見習いが盗み。ダメだろあの三人。

「この世界も順調に造り上げていたようだ。だが」

話が長い。つまりなんだ？　順調に世界は造りあげてきたが、神獣達が神として祀《まつ》られてムカついていたと。そんな時にある国の王様が見習い達を神様として祀ってくれた。それに気分を良くして、力を籠《こ》めた〈ませき〉というものを渡したらしい。……本物の馬鹿だな。その状態でもしっかり見ておけばよかったが、勇者召喚の方が、早く神様に格上げされるのではないかと考えて、召喚方法の研究に没頭。その間、数百年はこの世界を放置。勇者召喚に失敗して、いろいろな神様に怒られて、ペナルティーとして神力を数年封じられた。起死回生を考えている時にようやくこの世界のことを思い出して戻ってきた。俺がいろいろやった後で。

あ～俺、やっちゃってるね。

148. 俺は優しくない！……人を卒業！

俺がやってしまったことを考える。呪いではなく〈まがん〉というものを消したようだ……あの黒いやつだ、消えて何より。〈ませき〉を壊したらしい……〈ませき〉が何かが分からない。森の復活をさせたようだ……いいことだ。〈ユグドラシル〉を進化させたらしい……〈ユグドラシル〉ってなんだ？　神獣達を解放した……さすが俺！　エンペラス国の第五騎士団を死滅させたらしい……どんな人達か確認……自業自得では？　国の王様と魔導師を間接的に殺してしまったようです。

……この人達はどんな人？……天罰ってことで。

……何か問題でも？

「……殺したことに落ち込むかと思ったが」

「あ～因果応報という言葉がありますから。他には？」

死んでいる姿を見たら動揺するが、言葉だけだしな。それに第五騎士団達も王様と魔導師もあり得ないほど非道だったようだし。獣人を生け贄にするとか、子供を囮《おとり》にするとか……死んでも許されないだろう。

「奴隷の子供達は隣国に保護されたようだ」

「……？　えっと話が見えません」

説明されたが……えっと、つまり。生け贄で森に連れてこられた二〇〇人の子供の奴隷達が無事に保護されたと。その内の二人がこの家にいる……え！

「お主の防御の力で森を生き抜けたようだ。助けもあったようだしの。先に逃げていた奴隷達が隣国に助けを求めていたのもよかった。隣国の調査団が森の中に居たからな」

……防御とはなんだ？　奴隷の存在を知らなかった俺がその子供達に防御？　覚えがないが俺の魔法で間違いないらしい。え？　先に逃げていた奴隷達も俺が関係している？　それは……とりあえず、子供達が生きているってことが何よりです。それにしてもウサとクウヒが奴隷だったとは驚いた。

「それでお主のことなのじゃが、どうやら人間ではなくなっておる」

「…………は？」

何を言っているんだ。この老人……神様は。

「どうやらお主には勇者四人の力が全て注ぎ込まれたようだ」

「……」

「しかもこの監視する神がいない世界で神獣達の主となった」

「……」

「今、この世界の頂点はお主だぞ」

……ん？　えっと……なるほど俺は人を卒業したのか。とりあえず落ち着こうか。

「……神になるか？」

「お断りします！」

何を言い出すんだこの老人……神様は。落ち着くまで待って。いろいろありすぎて、頭がパンクしそうだ。

「……すごいことなんじゃぞ？」

「俺には無理ですよ。絶対。……試してます？」

「うむ、この世界を監視する神を選別しようかの」

神様になりたいって言ったら何か起こった可能性があるな。どうやら目の前の老人は一筋縄ではいかないようだ。言動には気を付けよう。

「そう警戒せんでも大丈夫じゃ」

「やっぱり試したんですね？」

「すまんの。お主の存在が異例すぎての。扱いに困っておる」

知ったことかと言いたいが、俺のことだよな。俺も自分の扱いに困るのですが……。

「俺としては仲間と過ごせれば、それでいいです」

「……すごい力を秘めておるのじゃぞ。それだけでいいのか？」

「俺にとっては力は別にどうでもいいです。呪い……〈まがん〉をなんとかしようと思ったのは仲間を苦しめるから。住んでいる場所は住みやすいほうがいいし、森は綺麗な方がいいでしょ。そんな感じでこの世界で生きてきたので。それ以上は別に。ま、力があったから生き残れたのでしょう。それには感謝しています」

「そうか、うむ」

「父と母の教えです。困った時はシンプルが一番だと」

どんな時も自分の命を優先して考えること。特に困った時はこれが一番重要で、難しく考えないこと。住処と食料、これが確保できたら病気対策。その中で仲間を作れるなら作る。難しく考えると動けなくなるなら、まずはシンプルに自分を守るために動く。父と母が俺達きょうだいに教えた生き方だったな。父は若いころ各国を放浪していたので、そこからの教訓らしい。日本ではほとんど意味がなかったが……ここでは大活躍だ。

「家族に……いえ、いいです」

「すまんの」

俺の家族だ。きっと俺のことは笑いながら話してくれるだろう。あ、……人ではないと言われたが、俺は何になったんだ？

149. 無意識の俺に感謝!……他の世界にお願いします。

「……それが、分からんのじゃ。本来ならお主は死んでおるはずなんだが……」

……衝撃だ。気のせいにしたいが……確実に俺の耳に届いた。俺が何者か……不明？　それより……死んでいるはず？

はぁ、落ち着こう。心の平穏が……リスか、ありがとう。撫でさせてくれ。落ち着く。よし。話は聞いた。俺の無意識に感謝だな。通常は勇者四人分の魔力を受け止めることは不可能らしい。この時点で魔力が暴走して死ぬのが当たり前となる。だが俺は生きている。

俺が死ななかった理由はこの世界。〈まがん〉の浄化を繰り返したことで、余分な魔力を使用したようだ。それだけでは危なかったのだが、結界を造ることで暴走の回避に成功。結界はたえず魔力を使う上級魔法……最初から上級魔法を使えたんだな俺。通常であれば魔力が枯渇して死ぬが、俺は逆に暴走を食い止め死を免れた。過去の俺、えらい！

勇者には三段階で魔力が増やされるらしい。本が人だから体を慣らすためなのか……考えられているな。で、俺も三段階で増えた……四人分。二段階目は危なかったらしいが、結界を広げて張ることで回避。二回目と言えば湖まで広げたことかな。三段階目も結界を広げて回避。……かなり広範囲に結界が張れて喜んでいたあれかな。結界様様だな。

四人分の魔力となれば結界だけでは無理なのだが、俺の行ってきたことがたえず魔力を必要としたらしい。要約すると、〈まがん〉の浄化を一日に何度も繰り返したこと……繰り返し？　覚えがないな。仲間に魔力を分け与えること……いつのことだろう？　同時に多数の〈ゴーレム〉を動かすこと……〈ゴーレム〉？　魔力を含んだ風を結界内の森に流す……風の魔法なんて記憶にないぞ？　〈ユグドラシル〉の進化の手伝い……進化？　〈ユグドラシル〉の防御と守りの強化……そもそも〈ユグドラシル〉が分からない。森全体の〈まがん〉の排除……森全体を綺麗にしたあれだな。

……とりあえず魔力を使うことを、毎日何かしら行ったらしい。無意識とはいえ毎日か……全く覚えがないほうが怖いな。

ただ魔力を消費しただけならいいのだが、俺の体は徐々に四人分の魔力に慣れ、膨大な量の魔力を保持しても問題ない体へと変化した。おそらく人としての器では無理になり、徐々に人間ではなくなっていったと思われる。最後は神様達の考え。なんせ前例がないため予測の範囲を出ないらしい。……身体の神秘、もうそういうことにしておこう。

「大丈夫かの？」

「……大丈夫です。今さら何をしても変わらないでしょうから」

「ふむ」

四人分の魔力か。しかも勇者の。俺って、もしかしてそうとう強いのか？　上級魔法もすでに使っているというか、乱発しているようだし。

「そうだ、あの三人なんだが」

「……三人？……馬鹿、えっと見習いの三人ですね」

「世界の実を盗んだこと、神獣達の卵を盗んだことなどまぁいろいろあったわ」

いろいろあったわって……それでいいのか？

「話を聞いたがの、ありゃ駄目だ。神の存在の意味を全く理解しておらん。神は自由ではない。しっかりとしたルールがある、そうでなければ星などすぐに滅ぶわ。まったく、何を学んできたのか……。罰なんだが、見習い位の剥奪《はくだつ》と神力の剥奪は決定した。おそらく、記憶を残したままの最下層への輪廻《りんね》となるだろう」

「……記憶を残したまま？」

「あやつらは随分と神になることに固執《こしつ》していた。だからこその罰と言える。あと少しで手が届きそうな場所から、けして手が届かない場所へと落ちる。記憶があるのは罰を自覚させるため、他の神々がそうとう怒っておっての」

……最下層ってどんな存在なんだ？　この世界に生まれ変わることとって……あったりするのか？

「安心してよいぞ。輪廻はここではない」

よかった。

150. 俺は俺！……変わらない。

いつも通り一つ目に攻撃されて目が覚める。……いつか攻撃される前に起きてやる！

朝食のために一階へ行くと、窓から獣人の子供達の姿が見える。農業隊のお手伝いをしているようだ。畑に入る許可がおりたのか。……俺より……いや、畑に関して考えたら落ち込む。農業隊にお任せしよう。

昨日は神様が来て午後からはいろいろとあった。ありすぎた。もう本当に。夜になって考えてみたが……だから？　となった。人間ではなくなってもだからどうした？　俺は俺だ。俺がいろいろやったことで、この世界はいい方向へ向かったそうだが、だから何？　となる。これから何かをするわけではない、もう終わったことだ。つまり、俺は何も変わらないことに気が付いた。ただ、魔力が強いことだけは覚えておこう。

「おはよう！　ご飯だよ！」

「「おはよう」」

ただし、昨日の夜に後悔したことが一つ。これを思い出した時には悶絶《もんぜつ》した、やってしまった～！　と。言葉！　神様だったら会話ができるようにしてくれた可能性もある。神様と普通に日本語で話をしていたから、すっかり忘れてしまった。これは後悔してもしきれない。

なぜかこの世界の神様が決まったら紹介してくれるらしいので、その時は絶対に忘れない！　神様の紹介より言葉の問題の解決！

コアに跨《また》り空から森を見つめる。

「広い森だな」

〈まがん〉というモノの影響がなくなったので、どこまで見ても緑が覆っている。木々の間に見える川は無数にあり、森を囲むように流れている。森の外に流れている川もある。川ができたからか森の近くまで畑ができ始めたようだ。

コアと……風のアメーバ。いきなり空の上に現れたのでビビったが見慣れた存在。……アメーバがなぜ空を飛べるのか。不思議はこの世界では考えてはいけない。飛んでいるから飛べるのだ。

「お前、一番でかくないか？」

コアと一緒に空を駆けるアメーバは、今までで一番大きい。体が太陽の光でキラキラと輝いて綺麗だ。

「あ、森の中に獣人がいる……軍隊？」

森の中にある獣道に獣人が複数名いるのが見える。同じ格好で四〇人ぐらいだろうか？　あ、違う格好の獣人もいる。こちらに気が付いたようだ。手を振ってみた。なんだか随分とあわただしくなった、大丈夫か？　彼らの上空でコアに止まってもらう。攻撃されるかなと思ったが、大丈夫そうだ。それより、倒れた者がいるようだが……。

お、風龍と水龍が飛んできた。今日はまだ挨拶をしていなかったな。

「おはよう」

俺の周りで旋回するなら小さいサイズでお願いしたい。迫力がありすぎる。

ん？　彼らは本当に大丈夫か？　先ほどより倒れている者が増えたが。あ、龍を見てびっくりしたのかな。……水龍も風龍も神獣だったな。悪いことをした。

「コア、移動しよう」

外の獣人と交流を持ちたいが、龍と一緒だと驚かれるな。一緒に行くのはコアにお願いしようと言っても今は言葉が通じない。神様が来たら喋れるようにお願いする予定だから、今は早く神様が来るように祈ろう。

そういえば、まだ攻略していない洞窟があった。まずはあれを攻略するか。これからの目標は、森の洞窟を全攻略！　あとは獣人達と交流を持って調味料を増やしたい！　卵とお米が欲しい！　丼ものが食べたい！　パンケーキが食べたい！

これからのことは分からないが、やっぱり俺は俺でしかないな。

番外編・ゴーレム達はご主人様が大好きです。

―ゴーレムの視点―

目をあけると膨大な魔力を身にまとい、眠っておられるご主人様がいます。この方が、これからお仕えする方に間違いないでしょう。

自分の体を確かめると、動きやすいように作られています。少し考える。ご主人様が何を求めているのか。……床張りだ。そうだ、ご主人様のお手伝いが我々の使命。ならばご主人様がイメージした床をお作りします。ご主人様は床だけではなく、この家が住みやすくなることを求めていらっしゃる。ならばこの家をご主人様が求める住みやすい家にするのみです。我々全員、頑張ります！

新しい仲間が作られました。ご主人様の衣服を担当するようだ……羨ましいです。いや、最初に作られたのは我々です。もっと自信を持ちましょう。

……また、新しい仲間が。彼らは獲物の解体が専門と聞きました。食事に関してなら我々にお任せくだされば……。間違いでした。皮の加工を専門とした仲間でした。皮の加工には相当な時間が、かかるらしい。ご主人様のお手伝いができなくなるところだった。仲間ができてよかったです。

また、仲間です。食料を安定させるために作られた、畑を守る仲間です。ご主人様が求める安定した生活には畑は必要不可欠。とても大切な仕事なのです。しかしなぜ魔力を倍増する石が一体一体に付加されているのでしょうか？　羨ましいです。

……ごめんなさい。外の仲間は魔獣や魔物から畑を守る役目もあったのですね。だから魔力を倍増する石が付加されていたのです。ご主人様の優しさでした。ご主人様が考えていることを、もっと理解しなければ。

ただ、ご主人様。畑のお手伝いをするならば、魔力を抑えてください。ご主人様の魔力が成長途中の野菜に影響を与えていますから！　畑の仲間が困っています。

コア様とチャイ様が外の仲間の戦いぶりを見ています。ご安心ください。しっかりご主人様の家は守ります。外の仲間は上級魔法を駆使して瞬殺できるぐらいには強いので、ここはとても安全です。

家が完成し、仕事が減りました。お役御免でしょうか？　いえ、それは間違いでした。ご主人様は食事に掃除に、次々と仕事を教えてくれます。なるほど、家の中の仕事は全て我々が担うことをお求めのようです。ならば完璧を目指します。

新しい仲間に獣人の子供達が増えました。我々を見て泣いてしまい困りましたが、ご主人様からはお咎《とが》めはありません。大丈夫なのでしょう。

朝、子供達が起きて、ご主人様を探しています。困りました。ご主人様を起こしたいのですが、どう起こせばいいのでしょう。ご主人様から起こし方を教えてもらっていません。頂いた知識の中に、一つ起こし方がございます。それを試してみましょうか。

成功です！　ちょっとご主人様が苦しそうですが……いつもよりスッキリと目が覚めているように感じます。明日からも頑張ります。

今日も我々はご主人様のために頑張ります。邪魔するものは誰であろうと許しません！……そのワインはまだ早いと、ご主人様が言っています。返しますか?……まさか返さないとか……ありえませんよね?

番外編・コアのとある一日

前足を伸ばし背を少しのけ反らせる。寝ていて固まった筋が伸びて気持ちがいい。

「う～ん、よく寝た。少し寝すぎたか？」

主が用意してくれた寝床は、主の魔力が満ちておって気持ちがいい。枯渇している魔力が、ゆっくりと満たされていくのが分かる。魔力とはとても繊細なモノ。他の者の魔力が体に入ると害になることもあるのだ。だが、主の魔力は本当に優しく、我を傷つけることが一切ない。優しくそして力強い魔力だ。

「さて、そろそろ起きねばな。ん？……安心するにもほどがあるだろうよ、お前達」

視線の先には腹を出して寝ている我の仲間、シオンとクロウの姿。腹を出すとか、それは駄目だろう、さすがに。まったく、お前達は森の王の一族だというのに。

「まぁ、ここが安全だということなんだろうが。鍛《きた》え直すか。おいっ、馬鹿ども！」

シオンとクロウの体が一瞬ビクッと震える。だが、起きた様子はないし腹は出たまま。その様子に唖然となる。なぜ起きないのだ？

「今、少し殺気を混ぜたんだが……今日の特訓はいつもの三倍だな。シオン、クロウ起きろ！」

「「…………」」

「お・き・ろ！」

「うっ」

「はいっ」

二匹に向かって、容赦なく殺気を送る。さすがに目が覚めたようだ。これで起きなかったら、どうしてやろうかと思ったが。

「しっかり目を覚ましたら広場へ来い。特訓だ」

「「と、特訓？」」

戸惑う二匹を放置して、寝床となっている部屋を出る。さて、主の様子と住処の状態を確かめるとしよう。主の力で守られている住処に何か異常があるとは思えないが、やって無駄なことは無い。

「ん？　おはよう、今日はゆっくりなのか？」

天井をゆっくり歩く親玉さんの子、アルメアレニエ達を見つける。

「「「おはようございます。コア様」」」

「前々から思っていたが、コアと呼んで構わんよ。主に拾われた仲間なのだからな」

「ん～、じゃあ。コアさん？」

「コアさんでいい？」

「あぁ、それで構わない」

「コアさんは優しいね」

アルメアレニエ達が楽しそうに我の名前を順に呼んでいく。なんとも可愛い者達だな。

それにしても、この我がアルメアレニエ達と穏やかに会話する機会があるとは、昔は想像もしなかったな。親玉さんと呼ばれるチュエアレニエは、死の番人と我々の間では言われていた。森の木々の間を自由に飛び回り、時には空を飛ぶことすらあった。獲物を見つけたらアルメアレニエ達と一斉に襲いかかり、襲い掛かってきた敵に対しては、容赦なく業火で焼き払ってきた森の王の一角。チュエアレニエの業火は、他の火とまったく違った。森が魔力に満ちていた頃は、どんな火で森を焼いてもすぐに再生された。だが、チュエアレニエの業火だけは再生に時間を要した。チュエアレニエが纏う業火には、凝縮された魔力が満ちていたためだ。

そう言えば昔は、チュエアレニエと何度も殺し合いをしたな。なぜあんなにもチュエアレニエを敵視していたのか。今の親玉さんと何が違うのかさっぱり分からん。まぁ、今の関係の方が良いということは分かるが。

「コアさん、どうしたの?」

ん?　少し考えこんでしまっていたようだ。

「いや、問題ない。これからどこかに行くのか?」

「畑に行ってお手伝い!　頑張ったら芋が貰えるんだ!」

「いっぱい頑張ったら、その芋を蒸してくれるんだ!」

餌付けというものだな。

「そうか。頑張ってな」

「「「「もちろん!」」」」

天井を走るアルメアレニエを見送る。朝から元気だな。先ほど見た仲間を思い出す……今日の特訓はいつもの四倍だな。

「おはよう」

後ろからの声に少し驚く。どうやら特訓が必要なのは我も同じのようだ。まさか後ろの気配に気付けぬとは情けない。

「チャイか、おはよう。仲間達も一緒か。そう言えば仲間達の方は久しぶりだな」

ダイアウルフのチャイとは毎日顔を合わせていたが、彼の仲間達は久々だ。

「「「「おはようございます」」」」

「少し森で特訓をしていましたの。四日ぶりの住処ですわ」

森での特訓に満足しているのか、ササが嬉しそうに話す。他の者達も満足そうだ。ダイアウルフは森の中で集団で生活をする種で、本来は他の種を傍に寄せ付けなかったな。ここでは他の種と特訓したりじゃれあって楽しそうだが。まぁ、不満はなさそうだから気にすることも無いか。そうだ、森での特訓もいいな。あの馬鹿どもを連れていくか？

「そうか。有意義な時間を過ごせたようだな」

ササ達が頷く。が、なぜかチャイはげんなりしているような気がする。

「どうかしたのか？」

チャイの顔に近づき聞くと、驚いたのか目が真ん丸になる。それが面白くて笑うと、視線がそれてちょっと恥ずかしそうな表情になるチャイ。

「くくくっ、チャイ～、先に行くね。ごゆっくり」

ササの、何か含んだような言い方に首を傾げる。

「ササの言ったとおりだね」

ん？　何がだ？

「仕方ないよ。家族と恋人の違いじゃない？」

「夫婦でしょ？」

もしかして？

「さっき、そう言ったら怒ったから」

「違うよ。あれは恥ずかしかっただけ」

「なるほど。コアさんのことになると、チャイは可愛いよね」

サミとキサの言葉に、チャイがおそらく我とのことでからかわれていたと気付く。チャイはササ達三匹に向かって唸り声を出すが、三匹に効果は無い。それも仕方ないかもしれない。唸り声なのに、迫力がない。いつもはもっと迫力があるというのに、可愛いの。

「チャイ、どうした？　体調でも悪いのか？」

すっと顔を近づけ、我もちょっと悪乗りを。

「いや、大丈夫だ。それより主の元へ行こう」

目が泳いでおる。顔を近づけたから照れたのか？

「そうだな」

愛《う》い奴だって、我はいったい何をしているのか。…………ふ～、我も今日の特訓は二倍だな。

一階に降り、外に繋がる部屋へと入る。この場所は日当りがよく、お気に入りの場所だ。主もよくここでのんびり寛いでいる。

「おはよう」

声を掛けて入ると、主のゴーレム達がそれぞれ片手をあげて挨拶を返してくれる。部屋を見回すが主の姿がない。近くにアルメアレニエがいたので、主の居場所を聞く。

「主様なら、ふわふわ殿と外に行ったよ」

少し幼いしゃべり方のアルメアレニエ。こんな子、いたか？　新しく産まれた子か？　アルメアレニエ達は育ちにばらつきがあって、相変わらず見た目では判断ができないな。

「そうか、ありがとう」

お礼を言うと、お尻を持ち上げてプルプルと震わせるアルメアレニエ。ん？　そういえばアルメアレニエ達は最近この挨拶をよくするな。気に入っているのか？　まぁ、まだ小さいアルメアレニエ達なら可愛いな。巨大になると……可愛くは無いよな？

「主の元へ行くが、チャイはどうする？」

「付いて行く」

チャイとともに外の部屋に出る。この部屋は不思議な部屋だ。雨をしのぐ天井はあるのに風を防ぐ壁はない。主の様子を見るとこれで完成のようだ。不思議な部屋だが居心地がいい、しかも夜になるといい香りが充満する。とても腹が減る香りだ。あの香りを嗅ぐと、どこにいても駆けつけたくなるから困ったものだ。

「食べることが、これほど楽しみになる日が来るとはな」

「ここにいる誰もが同じ気持ちだろうと思う」

小さくつぶやいた独り言が、チャイには届いてしまったようだ。思いがけない返事にチャイとの近さを感じてしまう。少し恥ずかしいな。

「何をやっとるんだ？」

外に出て主を探すと、特訓のために開けられた広場の隅から畑を見ていた。傍にはガルムのリーダーであるアイとふわふわ殿がいる。広場では毎朝の特訓が始まっているが、主達の視線は畑。そっと気付かれないように近づくが、不意に主がこちらを見た。

「あっ、やはり気付かれてしまったか。残念」

「気付かれずに近付けたことはあるのか？」

チャイの質問に首を横に振る。

それより何を見ておったのだ？　浮いているふわふわ殿の隣に並んで同じように畑を見る。あれはアビルフールミ達か？　そう言えば、収穫のお手伝いをするとアルメアレニエ達が言っていたな？　アビルフールミ達も収穫か？……あれ？　一部のアビルフールミ達が隠れて、収穫した物を食べていないか？　ん～、ばれないといいが。

「「「あっ！」」」

ばれたな。あれは確実にばれている。葉に隠れて、収穫した野菜を食べているアビルフールミの背後に、そっと近づく主のゴーレム。アビルフールミ達はまだ気付いていないようだ。

「教えてやらんのか？」

ふわふわ殿が小声で話しかけてくる。その気安さに、実はまだ少し慣れていない。昔はどの龍達も気が荒く、矜持《きょうじ》が高く同じ森の王でも、けして近づきたいと思う存在ではなかった。それが今では、昔を思い出すのが難しいほど変わった。いったい何がここまで彼らを変えたのか。

「そんなことをして、ゴーレム達に目をつけられたらどうする？」

「しかし、仲間だろう」

確かに昔とは違っても今は仲間だ。

「そう言うならふわふわ殿が間に入ればいいのでは？」

「無理。ゴーレム達に嫌われたら、美味い物にあり付けない」

ふわふわ殿の言葉に、アイとチャイが噴き出す。それにふわふわ殿は「ふん」と不服そうな顔になる。

「別に我らでなくてもいいのだぞ？　アイでもチャイでも」

「恐ろしいことを言わないでください、ふわふわ様。あそこに飛び込むなんて、自殺行為です」

アイが思いっきり首を振る。少し声も震えているようだ。

「ちゃんと加減してくれるだろう」

ふわふわ殿の言葉に我も頷く。それを見たアイとチャイが、一歩後ろに下がっていつでも逃げられる体勢になった。別に無理やり、何かさせようとは思わないが、構えられると何かしたくなるな。

ちらりと二匹を見ると、また2歩後ろに下がってしまった。チャイの態度にどことなく不満を感じる。なぜ、我から離れるのだ？

「ひっ」

「ギャッ」

「お〜」

「うっ！」

畑に四匹のアビルフールミの声が響き渡る。視線を向けると、四匹のアビルフールミが森へ飛んで行ったところだった。畑に視線を戻すと、高らかにこぶしを突上げているゴーレム。

「「「「…………」」」」

主がゴーレムに何か言っている。こぶしを突上げていたゴーレムが姿勢を正し首を傾げる。そして一度頭を下げた。主は頭を掻くと、少し考えてから森へ出かけて行った。それを見てアイが追いかける。

「ソア、ネア、主の護衛だ。一緒に来い！」

アイが広場で特訓していた仲間を呼ぶ。ガルム達は集団で狩りをする種。護衛にもそれは生かされるので、なるべくガルムだけで護衛をした方がいい。

「了解。行ってきます！」

「分かりました」

アイに呼ばれたソアとネアの尻尾が、喜びを隠しきれずにグルグルと振り回されている。正直、主は我らと比較するのがおこがましいほど強い。そのため護衛はいらない。が、そうなると主と共に居る時間が少なくなる。それが嫌で、ふわふわ殿、飛びトカゲ殿と我と親玉さんで話し合い順番に主の護衛をすることが決定した。最初の頃は、主に拒否されるのではと心配したが、主は我らにとても寛大だ。足手まといになることが分かっているのに、侍ることを許してくれた。ただ、今日は我の番ではない。早く当番になってほしいものだ。

「それにしても奴らはまだか？」

周りを見回す、我が起きてから少し時間がたっているはずだが、奴らの姿はまだない。……クロウ達の特訓は森で五倍に決定だな。

「コアよ、何か不穏なことでも考えておるのか？　悪い顔をしておるぞ」

後ろからの声に視線を向けると、ふわふわと浮いている飛びトカゲ殿。なぜか頭にラタトスクを三匹乗せている。森の伝達屋とも呼ばれ、森の異変を見つけると、森の王に見た儘をいち早く伝えてくれていた。足が速く普通の魔物では追いつけない。そう言えば、住処では大人しいな。こやつらは、結構凶暴な面があるんだが。

「特に悪いことなど考えてはいないが？」

特訓は彼らのためになる。けして我の憂さ晴らしではない。

「まぁ、深くは聞かんがな」

「そんなことより、何か問題でもあったのか？」

ラタトスクに視線を向ける。何か問題が起こったのか？

「いや、問題ではない。森の川の状態を確認していたのだ」

「どんな状態だ？」

川は、森に魔力を円滑に循環させる役目がある。魔眼に侵され始めてからは、森へ魔眼が広がらないように多くの川が消えた。だが今は、主の魔力を循環させるため、昔のように森の間に川が姿を現しだした。

「順調に川は広がっている。問題は無いようだ」

飛びトカゲの言葉に笑みが浮かぶ。主の魔力が森に広がっていく。それがこれほど嬉しいとは。我ながら驚きだ。

「おはよう」

「おはようございます」

声のした方へ視線を向けると、なんとも眠そうな表情のシオンとクロウ。言われた通り特訓をするために来たことは褒めてやろう。だが、二匹は森で通常の五倍の特訓がすでに決まっている。これを知れば逃げるかもしれないな。よしっ！　逃げる前に捕まえるか。

「おはよう。よく眠っていたな」

本当によく眠っていた。我の殺気に気付かぬほど。

「へっ？」

「んっ？」

我の声に二匹がびくりと体を震わせ、そっとこちらに視線を向ける。しまった、少し殺気が出てしまったようだ。

「コア、なんだか随分と機嫌が悪そうだな」

「あぁ、何かあったのか？」

まぁ、寝ている時の姿など自分では気づかんな。よし、とっとと捕まえて森へ行くか。ん？　隣に戻ってきていたチャイが、再び我から距離を取っている。……これも全てシオンとクロウのせいじゃな。許さん。

「よし、行くぞ」

「「はっ？」」

さっと二匹に近付き魔法をぶつける。吹っ飛んだ2匹を魔法で捕まえ、森へと蹴り飛ばす。

「うわ～」

ふわふわが呆然と、飛んでいったシオン達を見送る。その隣で飛びトカゲが苦笑を浮かべている。

「コアよ、ほどほどにな」

その声を聞きながら、飛んで行ったクロウ達の後を追おうとして後ろを見る。

「頑張れ！」

チャイの応援に、一気に森を駆け抜ける。さて、どこに飛んで行ったかの？　逃げても無駄だとまずは分からせねばな。

「コア、お前何をしとる？」

チュエアレニエの親玉さんが、何事かと追ってくる。本当にチュエアレニエとの関係は、変わったものだ。

「クロウ達の特訓を森でやろうと思ってな」

「クロウ？　あぁ、先ほど森に飛んで行ったヤツらのことか」

ちょっと哀れな表情を森のある方向へ向ける親玉さん。ということはあちらか。少し走る方向に修正をくわえて、走る速度を上げる。しばらく走るとクロウ達の姿が見えた。それにまた速度を上げる。

「「げっ」」

気付いた二匹が、慌てて走りだす。それを追いながら、後ろから風の塊を作り2匹に打ち込んでいく。

「うぉっ、コア！　いったい何を！」

「森での特訓だ。さて、もう少し本気でやるかの」

「ひ～」

クロウの口から可笑しな音が漏れる。まったく情けない。これは数日かけて森で特訓をするべきか？

「俺達が一体何を？」

「腑抜けて居ったから、特別に特訓をしてやろうと思っただけだ。行くぞ」

「「ぎゃ」」

情けないの。こんな簡単な攻撃すら避けられんとは。

「えげつない攻撃をしているなコアよ」

ん？　上を見ると木々の間を駆ける親玉さんが、楽しそうについてくる。

「普通じゃろ。なんだ、おぬしも参加するのか？」

「親玉さん、コアを止めてくださいよ！」

まったくシオンは情けない。風の攻撃でも連打しておくか。

「えっ！　ちょっ！　待った、コア、コア、死ぬって！」

「大丈夫だ、加減はしておる」

シオンもクロウも逃げ足だけは早くなっておるな。

「あははははっ。シオン、クロウよ。災難じゃの～」

何が災難だ。上にいる親玉さんに向かって、雷を放つ。

「おっと。コアよ、急に攻撃をするものではないぞ」

ちっ、避けたか。

「襲ってくる時に『襲うぞ～』なんて言わないだろう。不意打は常套《じょうとう》手段だ。そのための特訓だ」

「待て、そんな楽しそうな表情で何が特訓だ」

「親玉さんよ特訓は特訓だ」

「あ～、コア殿と親玉様だ」

ん？　四匹のアビルフールミがそっと木の陰から顔を出す。それに足を止める。クロウ達も何事かと立ち止まり、後ろを振り返ったようだ。もしかしてこやつらは、先ほどゴーレム達に飛ばされていたアビルフールミ達か？

「こんなところで何をしている？」

親玉さんの言葉に目を泳がせるアビルフールミ達。

「えっと、ちょっと欲望に負けまして……てへっ」

アビルフールミ達は苦笑い。親玉さんが何かを察したのか、あきれ顔だ。

「あれらの目を盗むのは至難の業だろうに」

「経験者かの？」

「……さて、なんのことやら」

ん？　しまった、クロウとシオンがおらん。逃げおったな。まぁ、魔力を追えばすぐに見つかるがの。追いかけっこは得意じゃ。

「コアよ。だからその顔はやばい。チャイに捨てられるぞ！」

ふっと体が動き、親玉さんに向かって飛び上がりそのまま襲いかかる。

「うぉっ！　待て待て、冗談だ！　冗談！」

知らん。

「そうか、冗談か」

火弾は奴にはまったく効かんからな。水矢と氷矢と風矢を次々と打ち込むが、逃げられるの。デカい図体ですばしっこい！

「待て！　どんどん込める魔力が多くなっていないか？」

「気のせいじゃろ」

「そんなわけがあるか～。まったく。おっ、そういえばチャイに気持ちは打ち明けられたっ！　駄目！　それは駄目！」

なんのことだろうの？　あぁ、今準備しているただの氷嵐だ。親玉さんなら、きっと軽く防げるさ。

「ただの氷嵐だ」

「コアよ。それがただの氷嵐だというのか？　もしそうならなぜ氷嵐以外の気配を感じるのか？

……」

「あぁ、それはぶつかった瞬間他の魔法も発動するようにしたからの」

「止めんか！」

ふん、別にチャイは私の気持ちを知っている。だからわざわざ、わざわざ……少しくらいは言った方がいいのだとは思うが。だがきっと大丈夫。だいたい久々の気持ちなのだ。こう口に出そうとすると背中がぞわぞわ……。

「親玉さんのせいだ！」

「なんだかものすごく理不尽な気がするの！」

「「ん？」」

氷嵐を投げつけようとした瞬間。こちらに向かってきている魔物の気配を感じた。それもかなりの数がいるようだ。すぐに氷嵐を消して、こちらに向かってきている魔物に向き合う。

「ギャッギャッギャッギャッギャッ」

しばらくして姿を見せたのは、イビルサーペントにヒュージサーペント。

「なんじゃお前ら、随分と興奮しているようだが」

「ギャッギャッギャッギャッギャッ、ギャッギャッギャッギャッギャッ」

確かに、かなり興奮をしているな。しかしサーペントか。

「サーペントと言えば、あれが食えるな」

主が作るある食べ物を思い出す。薄い茶色の液体を熱して、そこに味付けして粉をまぶしたサーペントの肉を入れるとジュワっと音がして、しばらくするとこんがりと焼けるあれ！

「あぁ、外がカリカリして中から肉汁が出てくるあれだな」

どうやら親玉さんも同じ物を思い出したようだ。

「そうだ、あれだ」

「酒に合う。あれは本当にやばい食べ物だ。主が作り出すものはどれもうまいがあれは格別だ」

主が作る食べ物はどれも美味いが、あれは特別に美味い。熱々の時に食べるのは大変だが、あれは熱々の時が最高なのだ。食べても食べても、もっと食べたくなるからな。主も我らがあれを気に入っていると知っているから、サーペントが手に入ったら作ってくれる。まぁ、毎回の争奪戦が……熾烈《しれつ》になるが、あれが手に入るのだから止められない。

「ギャッギャッギャッギャッギャッ」

しまった、涎《よだれ》が。んっ？　そういえば目の前にサーペント達がいたな。それにしても何匹サーペントがいるのだろうか？

「これだけいれば、満足するまで食べられそうだと思わんか？」

あははは、サーペント達があれに見える。

「確かに。そうと決まれば一匹たりとも逃がすことはできんな」

親玉さんがぐっと体に力を籠める。それを見て、足に魔力を集める。イビルサーペント達とヒュージサーペント達は何かを感じたのか、鳴くのをやめてじりッと一歩後ろに下がる。

「逃げるなよ、肉！　大人しく食わせろ！」

「コアよ、少し露骨《ろこつ》すぎるだろう」

そうだろうか？　さっきからサーペント達を見ると、美味いあれにしか見えなくなっているのだが。さて、目の前の奴らを仕留めますか。

「コア、間違っても肉を焼くでないぞ！　全て綺麗に持ち帰るんだ！」

「我を誰だと思っている。そんな当たり前のこと！　しかも親玉さんも肉と言っているではないか！」

サーペント達がじりじりと後退をし始める。それを感じた我と親玉さんが一気に距離を詰め、肉を痛めないように一撃で仕留めていく。少しの損傷は仕方ないが、なるべく食べられる場所を多く持ち帰りたい。

「逃げるな！　食わせろ！」

おっと、危ない危ない。興奮して、火魔法で攻撃をしそうになってしまった。炭にしてはもったいないからな。

「ん。数匹逃げたか？」

シオンとクロウがまだ近くにいるはずだ。知らせるか。

「ワォ～～～～～～ン！（肉がそっちに逃げた。逃がすな！）」

「ワォ～～～ン（肉って何？）」

「ワォ～～～～～ン（あぁ、サーペントだった）」

「ワォ～～～ン！（逃がさん！）」

よしっ、これで大丈夫だろう。

「終わったの」

親玉さんが頭上の木からドンと飛び降りてくる。まぁ、音などさせないが。見た目がデカいからな、軽やかなのに音が聞こえてきそうだ。

「しかし数が多いな。一気に持っていくのは無理か」

「それは仕方ない。ん？」

先ほどの我の声を聞いたようだな。こちらに近付く、仲間達の気配を感じる。

「肉を捕まえたと？」

ふわふわが嬉しそうにサーペント達の周りを飛び回る。いつからそこにいたのか。気付けなかったな。さすが水龍。

というか、近くにいたのなら手伝ってほしかったな。

「キャー。本当にこんなに沢山。すぐに住処に運びましょう！」

我の仲間のソアが尻尾を振り回しながら、一緒に来たヒオと喜んでいる。

「コア、すごいな」

チャイも来たのか。チャイは、積み上げられたサーペント達を見て口元をぬぐっている。うむ、その気持ちがよくわかる。

「俺はこの三匹を運ぶ！」

「ならこっちの二匹を運ぶよ」

チャイの仲間のチャタとチャルが数匹のサーペントに魔法を掛けて空に浮かばせると、その上に乗って森の中を移動し始める。

「そうだな、ここに置いていても美味くはならないしな」

アイの仲間のラキとアミがチャタ達に続いて、サーペントの移動を始める。あとからあとからくる仲間に少し驚くが、まぁ我がサーペントと叫んだからな。こうなるのも頷けるというものだ。

上空で木々のこすれる音がする。上を見るとアルメアレニエ達が、地上に降りてくる途中だった。

「親玉さんも仲間を呼んだのか？」

「あぁ、倒した数が倒した数だったからな」

確かにチャイ達やチャタ達が手伝ってくれているが、まだまだサーペント達は残っている。アルメアレニエは力持ちで、糸も扱う特殊な変化を遂げているため、かなり役立つだろう。

「親玉さん、呼ばれたから来たよ～」

「お～、サーペントだ！　ということはあれですね！　あの美味しそうな色をしたあれですね！」

アルメアレニエ達が、積んであるサーペントを見て興奮している。

「そうだ、住処までもっていくのを手伝ってくれ」

「分かりました、お任せください」

アルメアレニエ達が手分けしてサーペント達をくるくると円形になるように巻いていく。それを体に乗せて糸で固定すると、木を登り住処まで走りだす。どう見ても体の上に乗せたサーペントの方が巨大に見える。中には小さいサーペントもいたが、ヒュージサーペントはデカい。それをものともせず乗せて走る、アルメアレニエの体力はさすがだな。

「さてそろそろ我々も住処に戻るとするか」

今日の夜には食べられるだろうか？　時々翌日になることがある。主を見ていると、何やら準備が必要みたいだが、あれはどうだったかな。何かに漬け込んでいたような気もするが。まぁ、2、3日中には出てくるだろう。

目の前に残っていたイビルサーペント二匹とヒュージサーペント三匹を魔法で空中に浮かせると、木々の間をぬうように住処まで移動させる。住処に戻ると、解体するゴーレム達の近くに山と積まれたサーペント達。おっ、主もいるのか。

「主～。あれを頼む」

体を使って主に甘え、あれを要求する。伝わっているか主を見る。ん？　少し顔色が悪いか？　体調でも悪いのか？　大丈夫か？　心配で主をじっと見ていると、頭をポンポンと撫でられた。あれが食べたいと伝わったと信じよう。そのまま、主の魔力が気持ちよくて体をくっつけていると後ろから衝撃がくる。驚いて確かめると、ちょっと不服そうな表情のチャイがいる。

「なんだチャイ？　どうした？」

「主とくっつき過ぎだ！　では無くて！　主にはあれを作ってもらわないと……」

そう言うチャイの耳は後ろに少し寝ている。

「あらまぁ」

ササがチャイを見てクスクスと笑う。チャイは睨むが、朝に続き迫力がない。可愛い奴よ。

「また大量に、すごいな」

ん？　この声は、アンフェールフールミのシュリか。そう言えば森で会った4匹のアビルフールミ達はどうしたのだろう？　サーペント達に気を取られて、忘れておったな。

「森にいたアビルフールミ達は帰ってきているか？」

「森？　我の子が森に？」

あぁ、朝の出来事を知らないのか。

「ここにいるよ～」

ん？　いつの間にかシュリの傍に、森にいたアビルフールミ達の姿がある。

「サーペントに乗って帰って来たんだ！」

「そうか。謝りに行ったか？」

畑の方に視線を向ける。

「これから謝ってくる」

「「行ってきます！」」

元気に走っていくアビルフールミ達を見送る。

シュリは不思議そうに見送っている。

「何をしておったのだ？」

シュリをよく見ると、全身が少し汚れていることに気付く。

「住処の掃除と確認だな」

確認？　そう言えば、シュリの住処は地下で複雑に枝分かれしているため、幼いアビルフールミがよく迷子になって、救出されているな。

「シュリでも迷子になることがあるのか？」

「なっ、なるわけがない！　あんなことは幼い時だけだ！」

まぁ、それは当たり前か。自分の管理下にある物で迷子は恥ずかしいな。

「あの時は酔っていたためだ。けして素面では迷子など……」

……聞いてしまったが、黙っておいた方がいいかな？　いいよな？　こういう情報は、ここぞという時に使うものだ。うん。

「コア、どうしたんだ？　なんだかちょっと……」

しまった。色々な思いが顔ににじみ出てしまったようだ。

「なんでもない。それよりチャイ、どこかでゆっくりせんか？」

まだ食事の時間でもないしな。うん、今日は朝からバタバタ……あっ、特訓。まぁ、またの機会でいいか。

「そうだな、まだ時間があるし、ゆっくり話でもしよう」

チャイを見ると、尻尾が嬉しそうに揺れている。ん？　我の尻尾も揺れてしまっていたか。まぁ、仕方ない。嬉しいものは嬉しいのだから。

「これからの時間を、我と一緒にゆっくり過ごそうか」

チャイの隣に並び尻尾を絡ませると、チャイが挙動不審になる。一緒になって少し経つのに、チャイはいまだになれんな。まぁ。時間は沢山あるのだから、ゆっくりでいいか。

あとがき

皆様、お久しぶりです。ほのぼのる500です。この度は、「異世界に落とされた…浄化は基本！　二巻」を、お手に取ってくださり本当に有難うございます。イラスト担当のイシバシヨウスケ様、一巻に続き素敵な絵をありがとうございます。

二巻は、森が抱えている問題の解決編となります。当初の設定では、森から出て第一騎士団の団長と一緒に、王座に駆け込み王様を倒す予定でした。この話を書きだす前に決めた設定です。が、話を書いていくうちに森から出られず慌てている様子や、言葉が通じなくて、一方通行なのになんとなく上手くいっている様子、翔の思い込みによる暴走などが楽しくて、もっと沢山この設定で書きたくなりました。なので、決まっていた設定を無視。後先考えずに書くのは楽しかったです。ただ、設定を無視してしまったので、第五騎士団を潰す方法を一から考える必要があり、それは大変でした。自業自得なんですけどね。今の設定を壊さず、どう騎士団を全滅させるか。そこで新しい仲間、世界樹とナナフシの登場が決まったのです。最初、世界樹の下へ案内するのは子蜘蛛の予定だったのですが、ネットでたまたま見たナナフシが可愛くて、ついつい採用しちゃいました。お気に入りの魔物の一つです。

二巻ではWebで発表されたモノより、少しだけですが王様の出番を多くしました。王様の悪役っぷりを楽しめると思います。ざまぁされた時はすっきり！　を目指しました。

二〇二〇年はコロナと言う脅威に、不安を感じる日々でストレスも多いと思います。少しでもホッと楽しんで頂けたら幸せです。

ＴＯブックスの皆様、一巻に続き有難うございます。担当の方が途中からS様からK様に変わりました。途中からですがK様には色々とお世話になりました。ありがとうございます。皆様のおかげで無事に二巻を出版することができました。心から御礼を申し上げます。これからもどうか、よろしくお願いいたします。

最後に、この本を手に取って読んで下さった方に心から感謝を、そして多くの方に買っていただけたので三巻でお会いできることになりました！　三巻もよろしくお願いいたします。そしてなんと「異世界に落とされた…浄化は基本！」だけではなく「最弱テイマーはゴミ拾いの旅を始めました」のコミカライズ一巻も9月15日発売されます！　こちらもよろしくお願いいたします。

二〇二〇年七月　ほのぼのる５００

巻末おまけ1・描きおろし出張漫画

漫画 中島鯛

原作 ほのぼのる500

ILLUST イシバシヨウスケ

ディスコミュニケーション

よくある間違い

仲間がいよいよ増えてきた
えーとソア…じゃなくてオスだからヒオ！
だめだ段々覚えられなくなってきたぞ
大丈夫だ俺の名前はソアヒオだなっ覚えたぞあるじ！
わんーわんーっ
んーどうした散歩行きたかったのか〜？

芸術的カンペ

カリ
そうだ！せめて
犬達だけでも
覚えるまで
書いておこう！
鉛筆欲しいな…
できた！
頑張ったぞー！
これは主が
彫ったものか
わ～うっ
うむ
そうかも
しれんな…
何かの魔術
だろうか？
きゅう…
おお～
スゴイ!!
グルル
!?

育ち盛り

おっ 向こうから
来るのはカレンか？
ずっと
いなかったから
心配したぞー
パタパタ
おいで
おいで
!?
ピイー♥
爪ェ!!
バサ

アニマルセラピー

あ〜〜〜〜っ１人で
喋ってると言葉を
忘れそうだ!!
どっかに人間は
いないのか!?
我らがいるではないか主よ
わふわふっ
なんだコア？
腹減ったのか？
ちょっと待ってな〜
あのような魔力を扱うというのにいつになれば言葉を解してくれるのだ主は
まぁ気長に見るがよいと思うぞ
…我らは待つのは慣れているであろう？
そうではあるが…
コア〜
ちょっと
いいか〜

もふっ
ま、よいか

巻末おまけ2・コミカライズ第二話②

漫画
中島鯛

原作
ほのぼのる500

ILLUST
イシバシヨウスケ

恐れながら王
森に異変が
起きまして
ございます
んん〜？

中心部より
眩《まばゆ》いばかりの光があり 広範囲に及んだ模様
ふん 森の王どもの最期のあがきか
魔石に更なる血を捧げよ
ハッ
フ…フハハ

あと少しだ…
あと少しで
世界の中心たる
あの森が手に入る
森にいた獣の王どもも
もはや残り少ないであろう

このエンペラス王に
その命を捧げる
栄誉を与えてくれよう

森に異変だと？
この数十年は変化がなかったというのに何が起きておる？
エンペラス王国が森全土にかけた複合魔眼魔法
多くの聖獣が姿を消し魔物が溢れ出した

この二〇〇年で森の周辺では逆らう間もなく丸ごと消えた国がいくつもある
エンペラスが魔眼の魔法に数十万の命を捧げたというのはまことかもしれぬな…
王よ…私は恐ろしくてなりません
うむ 人属《ひとぞく》以外を認めぬかの国が世界を握れば
このエントールも…他の国と同じく消え去るであろう

創世の神よ…
我らをお助け下さい…
んあ〜〜〜

青空が見えるって
気分がいいな！
ぶるるっ
森が浄化されたら
どこかに行っちゃう
かと思ったけど…
なあ
俺と一緒に
いてくれるか？

グルルル
うん
わからん！
わからんけど…
名前 つけて
いいか？
まずは 最初に出会った
白銀色のコイツ
お前は…
心緋《コア》

コアと同じ毛の色の
メスは空緋《ソア》
オスは緋桜《ヒオ》
黒い子と白い子どちらもオス
黒桜《クロウ》
白音《シオン》
お前は…茶偉《チャイ》
一匹だけ混じってた…犬？

羽の綺麗なコイツは
キレイな響きで
紅炎《カレン》だな
ふっふっふ 我ながらセンス いいんじゃないか?
ドヤァ
なんか思い出しかけたけど気にしない!
兄貴の中二ネーミングセンス最悪〜

よし そろそろ
現実を見るかぁ…
ガイだな…
…
名を与えられた…！
オオカミと間違われているフェンリル達
王ぁの人間はなんと？
クゥ〜ン…
ウォーンッ
どうやら名を与えられたようだ
名を⁉
うむ、我らフェンリルの歴史になきことではあるが
グルル

主と仰いだあの人間《ニンゲン》の
魔力と癒しの力は別格だ
メリッ
ウッ
現に我らも傍にいるだけでその恩恵に預かり
魔力が回復してきておる
確かに
故に我らフェンリルは主に従うこととする
おぬしはどうするダイアウルフよ

オレはフェンリルに逃げ場を与えてもらった身
従わぬ道理はない
犬と間違われているダイアウルフ
うむ！では皆主より賜った分
存分に仕えるとしようぞ
そうだ コア！水のある場所に連れてってくれる…

じーーっ
か
びくっ
ええと…水！水の場所！わかるか？
俺が案内する！
いや 俺が！

あっちょい
待てってて!!
ピュ
あわあああああああ
コワイコワイコワイ!!
あるじ!!
ザザ
結界抜けたのに
まだ行くの!?
ザザザザ

フッ
フッ
ボコッ
ダョロ
ダョロ
ここれは…水?
ヘッ
ヘッ

いや これは
さすがに…
へっへっ
へっへっ
さすがに
浄化しても
これはちょっと…
へっへっ
へっへっ
ちょっと…
へっへっ
くっ…

よーーーしよしよし
クロウもシオンも偉いぞ――!!
わしゃ
わしゃ
もう癒《いや》されないと
やってられねー!
よ～しよしよし

ドボ
ドボ
うう スマン
あの水はど〜しても
生理的に無理だ
結界の中に
湧き水があれば
よかったかもなぁ
ああ…日本の
美味しい水が
恋しい
水…
みず…
あっ?
ピュ
水は魔法で
出た

異世界に落とされた…浄化は基本！ 2

2020年　8月　1日　第1刷発行
2023年 10月 10日　第2刷発行

著　者　ほのぼのる500

発行者　本田武市

発行所　TOブックス
〒150-0002
東京都渋谷区渋谷三丁目1番1号　PMO渋谷Ⅱ　11階
TEL 0120-933-772（営業フリーダイヤル）
FAX 050-3156-0508

印刷・製本　中央精版印刷株式会社

ISBN978-4-86699-022-4